中国文学名家精品

Yudafu Xiaoshuo Jingpin

郁达夫小说精品

郁达夫 著 郭艳红 主编

北方妇女儿童出版社

图书在版编目（CIP）数据

郁达夫小说精品/郁达夫著；郭艳红主编. —长
春：北方妇女儿童出版社，2015.1（2021.3 重印）
（中国文学名家精品）
ISBN 978-7-5385-8225-3

Ⅰ．①郁… Ⅱ．①郁… ②郭… Ⅲ．①短篇小说—小
说集—中国—现代 Ⅳ．①I246.7

中国版本图书馆CIP数据核字（2015）第007615号

郁达夫小说精品
YU DA FU XIAO SHUO JING PIN

出 版 人	刘　刚
责任编辑	王天明
开　　本	700mm×980mm　1/16
印　　张	9
字　　数	148 千字
版　　次	2015 年 5 月第 1 版
印　　次	2021 年 3 月第 3 次印刷
印　　刷	固安县云鼎印刷有限公司
出　　版	北方妇女儿童出版社
发　　行	北方妇女儿童出版社
地　　址	长春市福祉大路 5788 号
电　　话	总编办：0431-81629600
定　　价	26.80 元

前　言

习近平总书记在文艺座谈会上指出，繁荣文艺创作、推动文艺创新，必须要有大批德艺双馨的文艺名家。我国作家艺术家应该成为时代风气的先觉者、先行者、先倡者，要通过更多有筋骨、有道德、有温度的文艺作品，书写和记录人民的伟大实践、时代的进步要求，彰显信仰之美、崇高之美。

是的，当历史跨入21世纪的新时代，我们党发出了实现中国梦的伟大号召，掀起了轰轰烈烈的复兴中国文化的运动。这就要求我们站在时代的前沿，薪火相传，一脉相承，弘扬中国有史以来优秀的、光明的、先进的、科学的、文明的文化，融合古今中外一切文化精华，构建具有中国特色的现代民族文化，向世界和未来展示中华民族的文化力量、文化价值与文化风采。

就文学创作而言，就是广大作家要接过近现代中国文学名家传递的笔墨圣火，照亮时代的道路，创造文学的繁荣；广大读者则应吸收近现代中国文学的精神力量，认识过去的时代，投身当代的建设。总之，中国的复兴需要大家添光加彩！

回首上世纪初，中国掀起了伟大的反帝反封建的民族解放运动，广大作家以此为崇高历史使命，把文字作为投枪匕首，走在时代最前列，创作了大量优秀的文学作品，发出了代表时代最强音的呐喊，振聋发聩，唤醒广大人民群众，开创了新文化运动，创造了现代文学。

中国现代文学是指用现代文学语言与文学形式，表达中国现代思想、感情、心理的文学，是在"五四"新文化运动影响下，广泛接受外国文学影响而形成的新兴文学，产生了极大的历史推动作用。

在新文化运动推动下，广大作家汲取中外文学营养，形成了新的文学形态。他们不仅用白话语言表现现代科学民主思想，而且在艺术形式与表现手法上对传统文学进行深入革新，创建了新的文学体裁。在叙述角度、抒情方式、描写手段以及结构组成等方面，都有全新创造，极具现代特色，成为真正现代意义上的文学。

中国现代文学的主流是人民的文学，广大作家深入火热的战斗生活中，极大加强了文学与民众的结合，文学与进步的社会思潮及民族解放、革命运动的自觉联系，这构成了中国现代文学的基本历史特征与传统。此时的文学，以表现普通民众生活、改造国民性格和社会人生为根本任务。

中国现代文学早期的发展，是在广大作家吸取外来文学营养使之民族化并继承民族传统使之现代化的过程中奠定基础的。对于如何正确对待传统文化与西方外来文化的问题，他们打破了抱残守缺的国粹主义思想，进行了彻底革新，曾对西方各个历史时期的文艺思潮、文学流派，包括各种文学形式、表现手法等，进行了全面介绍与广泛吸收，同时对我国传统文学遗产也进行了重新评价。这对促进思想与艺术的解放，促进文学的现代化，起到了重要作用，从而形成了现代文学的繁荣局面，促进了广大民众的觉醒。

接过20世纪中国文学作家的思想圣火，实现新时代民族文化复兴的中国梦，这是广大作家和读者义不容辞的神圣职责。为此，我们从诗歌、散文、小说三大文学体裁着手，特别编辑了这套《中国文学名家精品》，精选了许多文学名家的精品力作，代表了中国20世纪文学的高度，具有极强的权威性、可读性和艺术性。

这些文学名家，都是中国20世纪现代文学的开拓者和各种文学形式的集大成者，他们的作品来源于他们生活的时代，是那个时代社会生活的缩影，包含了作家本人对社会、生活的体验与思考，影响着社会的发展进程，具有永恒的魅力。他们是我们心灵的工程师，能够指导我们的人生发展，对于复兴中国文化具有深远的启迪作用。

作者简介

郁达夫（1896—1945），原名郁文，幼名荫生、阿凤，字达夫，浙江富阳人。他是我国20世纪初最活跃的作家之一，他在小说、散文、旧体诗词以及评论方面都有佳作，是我国新文学史上第一位在世时就已出版日记的作家。

郁达夫出生在一个知识分子家庭，7岁入私塾，9岁便能赋诗。他曾先后就读于富阳县立高等小学、杭府中学。1911年起，他开始创作旧体诗，并向报刊投稿。

1914年7月，郁达夫进入东京第一高等学校预科后开始尝试小说创作，1919年进入东京帝国大学经济学部。1921年6月，他与著名文化人士郭沫若、成仿吾、张资平、田汉、郑伯奇等人在东京创立了新文学团体创造社。

1922年3月，郁达夫自东京帝国大学毕业后归国。5月，他主编了《创造季刊》创刊号。1923年至1926年间，他先后在北京大学、武昌师大、广东大学任教。1926年底，他返回上海后主持创造社出版部工作，主编《创造月刊》和《洪水》半月刊，发表了《小说论》《戏剧论》等大量文艺论著。

1928年，郁达夫加入太阳社，并在著名作家鲁迅的支持下，开始主编《大众文艺》。1930年3月，中国左翼作家联盟成立，他为发起人之一。12月，他发表小说《迟桂花》。

1933年4月，郁达夫移居杭州后，写了大量山水游记和诗词。1936年，他任福建省府参议。1938年，他赴武汉参加军委会政治部第三厅的抗日宣传工作。12月，他赴新加坡，主编《星洲日报》等报刊副刊，此期间写了大量政论、短评和诗词。

1942年，日军侵占新加坡，郁达夫与著名作家胡愈之、王任叔等人撤退至苏门答腊的巴爷公务，他化名赵廉。1945年，他在苏门答腊失踪，后来默认1945年为其逝世之年，他终年49岁。

1921年10月，郁达夫出版了我国现代文学史上第一部白话短篇小说集《沉沦》，由此奠定了他在新文学运动中的重要地位。这部小说讲述了一个中国留学生在日本的遭遇，通过"一个病的青年忧郁症的解剖"，揭示了主人公内心灵与肉、伦理与情感、本我与超我的矛盾冲突。与郁达夫其他小说作品一样，《沉沦》是一篇"注重内心纷争苦闷"的现代抒情小说，带有强烈的"自叙传"色彩。因此，小说大胆而深刻地揭示了复杂而丰富的心理活动。

1923年7月，郁达夫创作了《春风沉醉的晚上》，这是我国现代文学上最早表现工人生活的作品之一。当时，郁达夫受到革命形势的影响，已经接触了马克思主义。因此，他的目光也开始从先前较多地集中在知识分子狭小的圈子，转移到更广大的劳动人民上来了。在作品中，他开始有意识地表现下层劳动者，描绘他们的苦难，表现他们的抗争，歌颂他们的品德，揭示他们不幸遭遇的根源。

郁达夫创作的作品还有《血泪》《莺萝集》《小说论》《文艺论集》《戏剧论》《寒灰集》《文学概说》《日记九种》《鸡肋集》《过去集》《孤独者的愁哀》《迷羊》《奇零集》《达夫代表作》《在寒风里》《薇蕨集》《她是一个弱女子》《忏余集》《达夫自选集》《断残集》等。

郁达夫的文学活动贯穿了"五四运动"到抗日战争的几个重要时期，从最初表现青年的苦闷，逐渐扩大到反映劳动人民的不幸，他的作品真实而深刻地反映了他那个时代的部分精神面貌。他的作品，无论在思想上，艺术上都有较高的成就，因此历来被认为是"五四"优秀短篇小说园地中的一朵奇葩。

郁达夫【目录】

小说精品

郁达夫

小说精品

【目录】

第三辑

郁达夫

小说精品

【第一辑】

银灰色的死

上

雪后的东京，比平时更添了几分生气。从富士山顶上吹下来的微风，总凉不了满都男女的白热的心肠。一千九百二十年前，在伯利恒的天空游动的那颗明星出现的日期又快到了。街街巷巷的店铺，都装饰得同新郎新妇一样，竭力的想多吸收几个顾客，好添些年终的利泽。这正是贫儿富主，一样多忙的时候。这也是逐客离人，无穷伤感的时候。

在上野不忍池的近边，在一群乱杂的住屋的中间，有一间楼房，立在澄明的冬天的空气里。这一家人家，在这年终忙碌的时候，好像也没有什么生气似的。楼上的门窗，还紧紧的闭在那里。金黄的日球，离开了上野的丛林，已经高挂在海青色的天体中间，

悠悠的在那里笑人间的多事了。

太阳的光线，从那紧闭的门缝中间，斜射到他的枕上的时候，他那一双同胡桃似的眼睛，就睁开了。他大约已经有二十四五岁的年纪。在黑戚戚的房里的光线里，他的脸色更加觉得灰白，从他面上左右高出的颧骨，同眼下的深深的眼窝看来，他定是一个清瘦的人。

他开了半只眼睛，看看桌上的钟，长短针正重叠在 X 字的上面。开了口，打了一个呵欠，他并不知道他自家是一个大悲剧的主人公，仍旧嘶嘶的睡着了。半醒半觉的睡了一忽，听着间壁的挂钟打了十一点之后，他才跳出被来。胡乱的穿好了衣服，跑下楼来，洗了手面，他就套上了一双破皮鞋，跑上外面去了。

他近来的生活状态，比从前大有不同的地方。自从十月底到如今，两个月的中间，他每昼夜颠倒的，到各处酒馆里去喝酒。东京的酒馆，当垆的大约都是十七八岁的少妇。他虽然知道她们是想骗他的金钱，所以肯同他闹，同他乐的，然而一到了太阳西下的时候，他总不能在家里好好的住着。有时候他想改过这恶习惯来，故意到图书馆里去取他平时所爱读的书来看，然而到了上灯的时候，他的耳朵里，忽然有各种悲凉的小曲儿的歌声听见起来。他的鼻孔里，有脂粉，香油，油沸鱼肉，香烟醇酒的混合的香味到来。他的书的字里行间，忽然跳出一个红白的脸色来。一双迷人的眼睛，一点一点的扩大起来。同蔷薇花苞似的嘴唇，渐渐儿的开放起来，两颗笑靥，也看得出来了。洋磁似的一排牙齿，也看得出来了。他把眼睛一闭，他的面前，就有许多妙年的妇女坐在红灯的影里，微微的在那里笑着。也有斜视他的，也有点头的，也有把上下的衣服脱下来的，也有把雪样嫩的纤手伸给他的。到了那个时候，他总不知不觉的跟了那只纤手跑去，同做梦的一样，走了出来。等到他的怀里有温软的肉体坐着的时候，他才知道他是已经不在图书馆内了。

昨天晚上，他也在这样的一家酒馆里坐到半夜过后一点钟的时候，才走出来，那时候他的神志已经不清了。在路上跌来跌去的走了一会，看看四面并没有人影，万户千门，都寂寂的闭在那里，只有一行参差不齐的门灯黄黄的投射出了几处朦胧的黑影。街心的两条电车的路线，在那里放磷火似的青光。他立住了足，靠着了大学的铁栏干，仰起头来就看见了那十三夜的明月，同银盆似的浮在淡青色的空中。他再定睛向四面一看，才知道清净的电车线路上，电柱上，电线上，歪歪斜斜的人家的屋顶上，都洒满了同霜也似的月光。他觉得自家一个人孤冷得很，好像同遇着了风浪后的船夫，一个人在北极的雪世界里漂泊的样子。背靠着了铁阑干，他尽在那里看月亮。看了一会，他那一双衰弱的老犬似的眼睛里，忽然滚下了两颗泪来。去年夏天，他结婚时候的景象，同走马灯一样的，旋转到他的眼前来了。

三面都是高低的山岭，一面宽广的空中，好像有江水的气味蒸发过来的样子。立在山中的平原里，向这空空荡荡的方面一望，我们便能生出一种灵异的感觉出来，知道这天空的底下，就是江水了。在山坡的煞尾的地方，在平原的起头的区中，有几点人家，沿了一条同曲线似的清溪，散在疏林蔓草的中间。有一天多情多梦的夏天的深更，因为天气热得很，他同他新婚的夫人，睡了一会，又从床上走了起来，到朝溪的窗口去纳凉去。灯火已经吹灭了，月光从窗里射了进来。在藤椅上坐下之后，他看见月光射在他夫人的脸上。定睛一看，他觉得她的脸色，同大理白石的雕刻没有半点分别。看了一会，他心里害怕起来，就不知不觉的伸出了右手，摸上她的面上去。

"怎么你的面上会这样凉的？"

"轻些儿罢，快三更了，人家已经睡着在那里，别惊醒了他们。"

"我问你，唉，怎么你的面上会一点儿血气都没有呢？"

"所以我总是要早死的呀！"

听了她这一句话，他觉得眼睛里一霎时的热了起来。不知是什么缘故，他就忽然伸了两手，把她紧紧的抱住了。他的嘴唇贴上她的面上的时候，他觉得她的眼睛里，也有两条同山泉似的眼泪流下来。他们两人肉贴肉的泣了许久，他觉得胸中渐渐儿的舒爽起来，望望窗外看，远近都洒满了皎洁的月光。抬头看看天，苍苍的天空里，有一条薄薄的云影，浮在那里。

"你看那天河……"

"大约河边的那颗小小的星儿，就是我的星宿了。"

"什么星呀？"

"织女星。"

说到这里，他们就停着不说下去了。两人默默地坐了一会，他又眼看着那一颗小小的星，低声的对她说。

"我明年未必能回来，恐怕你要比那织女星更苦咧。"

他靠住了大学的铁栏杆，呆呆的尽在那里对了月光追想这些过去的情节。一想到最后的那一句话，他的眼泪更连连续续的流了下来。他的眼睛里，忽然看得见一条溪水来了。那一口朝溪的小窗，也映到他的眼睛里来。沿窗摆着的一张漆的桌子，也映到他的眼睛里来。桌上的一张半明不灭的洋灯，灯下坐着的一个二十岁前后的女子，那女子的苍白的脸色，一双迷人的大眼，小小的嘴唇的曲线，灰白的嘴唇，都映到他的眼睛里来。他再也支持不住了，摇了一摇头，便自言自语的说："她死了，她是死了，十月二十八日那一个电报，总是真的。十一月初四的那一封信，总也是真的。可怜她吐血吐到气绝的时候，还在那里叫我的名字。"

一边流泪，一边他就站起来走。他的酒已经醒了，所以他觉得冷起来。到了这深更夜半，他也不愿意再回到他那同地狱似的家里去。他原来是寄寓在他的朋友的家里的，他住的楼上，也没有火钵，也没有生气，只有几本旧书，横摊在黄灰色的电灯光里等他，他愈想愈不愿意回去了，所以他就慢慢的走上上野的火车站去。原来日本火车站上的人是通宵不睡的，待车室里，有火炉生在那里，他上火车站去，就是想去烤火去的。

一直的走到了火车站，清冷的路上并没有一个人同他遇见，进了车站，他在空空寂寂的长廊上，只看见两排电灯，在那里黄黄的放光。卖票房里，坐着了二三个女事务员，在那里打呵欠。进了二等待车室，半醒半睡的坐了两个钟头，他看看火炉里的火也快完了。远远的有机关车的车轮声传来。车站里也来了几个穿制服的人在那里跑来跑去的跑。等了一会，从东北来的火车到了。车站上忽然热闹起来，下车的旅客的脚步声同种种的呼唤声，混作了一处，传到他的耳膜上来，跟了一群旅客，他也走出火车站来了。出了车站，他仰起头来一看，只见苍色圆形的天空里，有无数星辰，在那里微动。从北方忽然来了一阵凉风，他觉得冷得难耐的样子。月亮已经下山了。街上有几个早起的工人，拉了车慢慢的在那里行走，各店家的门灯，都像倦了似的在那里放光。走到上野公园的西边的时候，他忽然长叹了一声。朦胧的灯影里，息息索索的飞了几张黄叶下来，四边的枯树都好像活了起来的样子，他不觉打了一个冷噤，就默默的站住了。静静儿的听了一会，他觉得四边并没有动静，只有那工人的车轮声，同在梦里似的，断断续续的传到他的耳朵里来，他才知道刚才的不过是几张落叶的声音。他走过观月桥的时候，只见池的彼岸一排不夜的楼台都沉在酣睡的中间。两行灯火，好像在那里嘲笑他的样子。他到家睡下的时候，东方已经灰白起来了。

中

这一天又是一天初冬的好天气。午前十一点钟的时候，他急急忙忙的洗了手面，套上了一双破皮鞋，就跑出外面来。

在蓝苍的天盖下、在和软的阳光里，无头无脑的走了一个钟头

的样子，他才觉得饥饿起来。身边摸摸看，他的皮包里，还有五元余钱剩在那里。半月前头，他看看身边的物件，都已卖完了，所以不得不把他亡妻的一个金刚石的戒指，当入当铺去。他的亡妻的最后的这纪念物，只质了一百六十元钱，用不上半个月，如今只有五元钱了。

"亡妻呀亡妻！你饶了我罢！"

他凄凉了一阵，羞愧了一阵，终究还不得不想到他目下的紧急的事情上去。他的肚里尽管在那里叽哩咕噜的响。他算算看这五元余钱，断不能在上等的酒馆里去吃得醉饱。所以他就决意想到他无钱的时候常去的那一家酒馆里去。

那一家酒家，开设在植物园的近边，主人是一个五十光景的寡妇，当垆的就是老寡妇的女儿，名叫静儿。静儿今年已经是二十岁了。容貌也只平常，但是她那一双同秋水似的眼睛，同白色人种似的高鼻，不识是什么理由，使得见她一面过的人，总忘她不了。并且静儿的性质和善得非常，对什么人总是一视同仁，装着笑脸的。她们那里，因为客人不多，所以并没有厨子。静儿的母亲，从前也在西洋菜馆里当过垆的，因此她颇晓得些调味的妙诀。他从前身边没有钱的时候，大抵总跑上静儿家里去的，一则因为静儿待他周到得很，二则因为他去惯了，静儿的母亲也信用他，无论多少，总肯替他挂帐的。他酒醉的时候，每对静儿说他的亡妻是怎么好，怎么好，怎么被他母亲虐待，怎么的染了肺病，死的时候，怎么的盼望他。说到伤心的地方，他每流下泪来，静儿有时候也肯陪他哭的。他在静儿家里进出，虽然还不上两个月，然而静儿待他，竟好像同待几年前的老友一样了。静儿有时候有不快活的事情，也都告诉他的。据静儿说，无论男人女人，有秘密的事情，或者有伤心的事情的时候，总要有一个朋友，互相劝慰的能够讲讲才好。他同静儿，大约就是一对能互相劝慰的朋友了。

半月前头，他也不知道从什么地方听来的，只听说"静儿要嫁人去了"。他因为不愿意直接把这话来问静儿，所以他只是默默的在那里察静儿的行状。因为心里有了这一条疑心，所以他觉得静儿待他的态度，比从前总有些不同的地方。有一天将夜的时候，他正在静儿家里坐着喝酒，忽然来了一个三十来岁的男人。静儿见了这男人，就丢下了他，去同那男人去说话去。静儿走开了，所以他只能同静儿的母亲去说些无关紧要的闲话。然而他一边说话，一边却在那里注意静儿和那男人的举动。等了半点多钟，静儿还尽在那里同那男人说笑，他等得不耐烦起来，就同伤弓的野兽一般，匆匆的走了。自从那一天起，到如今却有半个月的光景，他还没有上静儿家里去过。同静儿绝交之后，他喝酒更加喝得利害，想他亡妻的心思，也比从前更加沉痛了。

"能互相劝慰的知心好友！我现在上那里去找得出这样的一个朋友呢！"

近来他于追悼亡妻之后，总想到这一段结论上去。有时候他的亡妻的面貌，竟同静儿的混到一处来。同静儿绝交之后，他觉得更加哀伤更加孤寂了。

他身边摸摸看，皮包里的钱只有五元余了。他就想把这事作了口实，跑上静儿的家里去。一边这样的想，一边他又想起"坦好直"（Tannhaeuser）里边的"盍县罢哈"（Wolfram von Eschenbach）来。

"千古的诗人盍县罢哈（Eschenbach）呀！我佩服你的大量。我佩服你真能用高洁的心情来爱'爱利查陪脱'（Elisabeth）。"

想到这里，他就唱了两句"坦好直"里边的唱句，说。

Dort ist sie;—nahe dich ihr ungestoert!

So flieht fuer dieses Leben

Mir jeder Hoffnung Schein!

(Wagner's Tannhaeuser Zweiten Aufzug 2.Auftritt)

（你且去她的裙边，去算清了你们的相思旧债！）

（可怜我一生孤冷！你看那镜里的名花，又成了泡影！）

念了几遍，他就自言自语的说："我可以去的，可以上她的家里去的，古人能够这样的爱他的情人，我难道不能这样的爱静儿么？"

看他的样子，好像是对了人家在那里辩护他目下的行为似的，其实除了他自家的良心以外，并没有人在那里责备他。

迟迟的走到静儿家里的时候，她们母女两个，还刚才起来。静儿见了他，对他微微的笑了一脸，就问他说："你怎么这许久不上我们家里来？"

他心里想说："你且问问你自家看罢。"

但是见了静儿那一副柔和的笑容，他什么也说不出来。所以他只回答说："我因为近来忙得非常。"

静儿的母亲听了他这一句话之后，就佯嗔佯怒的问他说："忙得非常？静儿的男人说近来你时常上他家里去喝酒去的呢。"

静儿听了她母亲的话，好像有些难以为情的样子，所以叫他母亲说："妈妈！"

他看了这些情节，就追问静儿的母亲说："静儿的男人是谁呀？"

"大学前面的那一家酒馆的主人，你还不知道么？"

他就回转头来对静儿说："你们的婚期是什么时候？恭喜你，希望你早早生一个儿子，我们还要来吃喜酒哩。"

静儿对他呆看了一忽，好像要哭出来的样子。停了一会，静儿问他说，"你喝酒么？"

他听她的声音，好像是在那里颤动的样子。他也忽然觉得凄凉起来，一味悲酸，同晕船的人的呕吐似的，从肚里挤上心来。他觉得一句话也说不出口，只能把头点了几点，表明他是想喝酒的意思，他对静儿看了一眼，静儿也对他看了一眼，两人的视线，同电光似的闪发了一下，静儿就三脚两步的跑出外面去替他买下酒的菜去了。

静儿回来了之后，她的母亲就到厨下去做菜去，菜还没有好，酒已经热了。静儿就照常的坐在他面前，替他酌酒，然而他总不敢抬起头来看静儿一眼，静儿也不敢仰起来看他。静儿也不言语，他也只默默的在那里喝酒。两人呆呆的坐了一会，静儿的母亲从厨下叫静儿说："菜做好了，来拿了去罢！"

静儿听了这话，却兀的不动。他不知不觉的偷看了一眼。静儿好像在那里落泪的样子。

他胡乱的喝了几杯酒，吃了几盘菜，就歪歪斜斜的走了出来。外边街上，人声嘈杂得很。穿过了一条街，他就走到一条清静的路上去。走了几步，走上一处朝西的长坂的时候，看看太阳已经打斜了。远远的回转头来一看，植物园内的树林的梢头，都染了一片绛黄的颜色。他也不知是什么缘故，对了西边地平线上溶在太阳光里的远山，和远近的人家的屋瓦上的残阳，都起了一种惜别的心情。呆呆的看了一会，他就回转了身，背负了夕阳的残照，向东的走上长坂去了。

同在梦里一样，昏昏的走进了大学的正门之后，他忽听见有人叫他说："Y君，你上那里去！年底你住在东京么？"

他仰起头来一看，原来是他的一个同学。新剪的头发，穿了一套新做的洋服，手里拿了一只旅行的藤篋，他大约是回家去过年去的。他对他同学一看，就作了笑容，慌慌忙忙地回答说："是的，我什么地方都不去，你回家去过年去么？"

"对了，我是回家去的。"

"你见你情人的时候，请你替我问问安罢。"

"可以的，她恐怕也在那里想你咧。"

"别取笑了，愿你平安回去，再会再会。"

"再会再会，哈……"

他的同学走开了之后，他一个人冷冷清清的在薄暮的大学园中，呆呆的立了许多时候，好像疯了似的。呆了一会，他又慢慢的向前走去，一边却自言自语的说："他们都回家去了。他们都是有家庭的人。Oh! home! Sweet home！"

他无头无脑的走到了家里，上了楼，在电灯底下坐了一会，他那昏乱的脑髓，把刚才在静儿家里听见过的话想了出来："不错不错，静儿的婚期，就在新年的正月里了。"

他想了一会，就站了起来，把几本旧书，捆作了一包，不慌不忙的把那一包旧书拿到学校前边的一家旧书铺里来。办了一个天大的交涉，把几个大天才的思想，仅仅换了九元余钱，有一本英文的诗文集，因为旧书铺的主人，还价还得太贱了，所以他仍旧不卖。

得了九元余钱，他心里虽然在那里替那些著书的天才抱不平，然而一边他却满足得很。因为有了这九元余钱，他就可以谋一晚的醉饱，并且他的最大的目的，也能达得到了——就是用几元钱去买些礼物送给静儿。

从旧书铺走出来的时候，街上已经是黄昏的世界了，在一家卖女子用的装饰品的店里，买了些丽绷（Ribbon）犀簪（Ornamental hairpin）同两瓶紫罗兰的香水，他就一直的跑上静儿的家里来。

静儿不在家，她的母亲只一个人在那里烤火。见他又进来了，静儿的母亲好像有些嫌恶他的样子，所以问他说："怎么你又来了？"

"静儿上那里去了？"

"去洗澡去了。"

听了这话，他就走近她的身边去，把怀里藏着的那些丽绷香水拿出来，对她说："这一些儿微物，请你替我送给静儿，就算作了我送给她的嫁礼罢。"

静儿的母亲见了那些礼物，就满脸的装起笑容来说："多谢多谢，静儿回来的时候，我再叫她来道谢罢。"

他看看天色已经晚了，就叫静儿的母亲再去替他烫一瓶酒，做几盘菜来。他喝酒正喝到第二瓶的时候，静儿回来了。静儿见他又坐在那里喝酒，不觉呆了一呆，就问他说："啊，你又……"

静儿到厨下去转了一转，同她的母亲说了几句话，就回到他那里来。他以为她是来道谢的，然而关于刚才的礼物的话，她却一句也不说，呆呆的坐在他的面前，尽一杯一杯的在那里替他斟酒。到后来他拚命的叫她取酒的时候，静儿就红了两眼，对他说："你不喝了罢，喝了这许多酒，难道还不够么？"

他听了这话，更加痛饮起来。他心里的悲哀的情调，正不知从那里说起才好，他一边好像是对了静儿，已经复了仇，一边好像是在那里哀悼自家的样子。

在静儿的床上醉卧了许久，到了半夜后二点钟的时候，他才跟跟跄跄的跑出静儿的家来。街上岑寂得很，远近都洒满了银灰色的月光，四边并无半点动静，除了一声两声的幽幽的犬吠声之外，这广大的世界，好像是已经死绝了的样子。跌来跌去的走了一会，他又忽然遇着了一个卖酒食的夜店。他摸摸身边看，袋里还有四五张五角钱的钞票剩在那里。在夜店里他又重新饮了一个尽量。他觉得大地高天，和四周的房屋，都在那里旋转的样子。倒前冲后的走了两个钟头，他只见他的面前现出了一块大大的空地来。月光的凉影，同各种物体的黑影，混作了一团，映到他的眼睛里来。

"此地大约已经是女子医学专门学校了。"

这样的想了一想，神志清了一清，他的脑里，又起了痉挛来。他又不是现在的他了。几天前的一场情景，又同电影似的，飞到他的眼面前来。

天上飞满了灰色的寒云，北风紧得很。在落叶萧萧的树影里，他站在上野公园的精养轩的门口，在那里接客。这一天是他们同乡开会欢迎Ｗ氏的日期。在人来人往之中，他忽然看见一个十七八岁

的女子，穿了女子医学专门学校的制服，不忙不迫的走来赴会。他初起见她面的时候，不觉呆了一呆。等那女子走近他身边的时候，他才同梦里醒转来的人一样，慌慌忙忙的走上前去，对她说："你把帽子外套脱下来交给我罢。"

两个钟头之后，欢迎会散了。那时候差不多已经有五点钟的光景。出口的地方，取帽子外套的人，挤得利害。他走下楼来的时候，见那女子还没穿外套，呆呆的立在门口。他就走上去问她说："你的外套去取了没有？"

"还没有。"

"你把那铜牌交给我，我替你去取罢。"

"谢谢。"

在苍茫的夜色中，他见了她那一副细白的牙齿，觉得心里爽快得非常。把她的外套帽子取来了之后，他就跑过后面去，替她把外套穿上了。她回转头来看了他一眼，就急急的从门口走了出去。他追上了一步，放大了眼睛看了一忽，她那细长的影子，就在黑暗的中间消灭了。

想到这里，他觉得她那纤软的身体刚在他面前擦过的样子。

"请你等一等罢！"

这样的叫了一声，上前冲了几步，他那又瘦又长的身体，就横倒在地上了。

月亮打斜了。女子医学校前的空地上，又增了一个黑影。四边静寂得很。银灰色的月光，洒满了那一块空地，把世界的物体都净化了。

下

十二月二十六日的早晨，太阳依旧由东方升了起来。太阳的光线，射到牛込区役所前的揭示场的时候，有一个区役所的老仆，拿了一张告示，贴上揭示场的板上来。那一张告示说：

行路病者，

年龄约可二十四五之男子一名，身长五尺五寸，貌瘦，色枯黄，颧骨颇高，发长数寸，乱披额上，此外更无特征。

衣黑色哔叽旧洋服。衣袋中有Ernest Dowson's Poems and Prose一册，五角钞票一张，白绫手帕一方，女人物也，上有S.S.等略字。

身边有黑色软帽一，穿黄色浅皮鞋，左右各已破损。

病为脑溢血。死后约可四点钟。本月二十六日午前九时，在牛込若松町女子医学专门学校前之空地上发见。因不知死者姓名住址，故为代付火葬。

牛込区役所

一九二〇年作

茑萝行

　　同居的人全出外去后的这沉寂的午后的空气中独坐着的我，表面上虽则同春天的海面似的平静，然而我胸中的寂寥，我脑里的愁思，什么人能够推想得出来？现在是三点三十分了。外面的马路上大约有和暖的阳光夹着了春风，在那里助长青年男女的游春的兴致；但我这房里的透明的空气，何以会这样的沉重呢？龙华附近的桃林草地上，大约有许多穿着时式花样的轻绸绣缎的恋爱者在那里对着苍空发愉乐的清歌；但我的这从玻璃窗里透过来的半角青天，何以总带着一副嘲弄我的形容呢？啊啊，在这样薄寒轻暖的时候，当这样有作有为的年纪，我的生命力，我的活动力，何以会同冰雪下的草芽一样，一些儿也生长不出来呢？啊啊，我的女人！我的不能爱而又不得不爱的女人！我终觉得对你不起！

　　计算起来你的列车大约已经好过松江驿了，但你一个人抱了小孩在车窗里呆看陌上行人的景状，我好像在你旁边看守着的样子。

可怜你一个弱女子，从来没有单独出过门，你此刻呆坐在车里，大约在那里回忆我们两人同居的时候，我虐待你的一件件的事情了吧！啊啊，我的女人，我的不得不爱的女人，你不要在车中滴下眼泪来，我平时虽则常常虐待你，但我的心中却在哀怜你的，却在痛爱你的；不过我在社会上受来的种种苦楚，压迫，侮辱，若不向你发泄，叫我更向谁去发泄呢！啊啊，我的最爱的女人，你若知道我这一层隐衷，你就该饶恕我了。

唉，今天是旧历的二月二十一日，今天正是清明节呀！大约各处的男女都出到郊外去踏青的，你在车窗里见了火车路线两旁郊野里在那里游行的夫妇，你能不想我的么？你怨我也罢了，你倘能恨我怨我，怨得我望我速死，那就好了。但是办不到的，怎么也办不到的，你一边怨我，一边又必在原谅我的，啊啊，我一想到你这一种优美的灵心，叫我如何能忍得过去呢！

细数从前，我同你结婚之后，共享的安乐日子，能有几日？我十七岁去国之后，一直的在无情的异国蛰住了八年。这八年中间就是暑假寒假也不回国来的原因，你知道么？我八年间不回国来的事实，就是我对旧式的，父母主张的婚约的反抗呀！这原不是你的错，也不是我的错，作孽者是你的父母和我的母亲。但我在这八年之中，不该默默的无所表示的。

后来看到了我们乡间的风习的牢不可破，离婚的事情的万不可能，又因你家父母的日日的催促，我的母亲的含泪的规劝，大前年的夏天，我才勉强应承了与你结婚。但当时我提出的种种苛刻的条件，想起来我在此刻还觉得心痛。我们也没有结婚的种种仪式，也没有证婚的媒人，也没有请亲朋友喝酒，也没有点一对蜡烛，放几声花炮。你在将夜的时候，坐了一乘小轿从去城六十里的你的家乡到了县城里的我的家里；我的母亲陪你吃了一碗晚饭，你就一个人摸上楼上我的房里去睡了。那时候听说你正患疟疾，我到夜半拿了一支蜡烛上床来睡的时候，只见你穿了一件白纺绸的单衫，在

暗黑中朝里床睡在那里。你听见了我上床来的声音，却朝里转来默默的对我看了一眼。啊！那时候的你的憔悴的形容，你的水汪汪的两眼，神经常在那里颤动的你的小小的嘴唇，我就是到死也忘不了的。我现在想起来还要滴眼泪哩！

在穷乡僻壤生长的你，自幼也不曾进过学校，也不曾呼吸过通都大邑的空气，提了一双纤细缠小了的足，抱了一箱家塾里念过的《列女传》，"女四书"等旧籍，到了我的家里。既不知女人的娇媚是如何装作，又不知时样的衣裳是如何剪裁，你只奉了柔顺两字，做了你的行动的规范。

结婚之后，因为城中天气暑热的缘故，你就同我同上你家去住了几天，总算过了几天安乐的日子；但无端又遇了你侄儿的暴行，淘了许多说不出来的闲气，滴了许多拭不干净的眼泪，我与你在你侄儿闹事的第二天就匆匆的回到了城里的家中。过了两三天我又害起病来，你也疟疾复发了。我就决定挨着病离开了我那空气沉浊的故乡。将行的前夜，你也不说什么，我也没有什么话好对你说。我从朋友家里喝醉了酒回来，睡在床上，只见你呆呆的坐在灰黄的灯下。可怜你一直到第二天的早晨我将要上船的时候止，终没有横到我床边上来睡一会儿，也没有讲一句话；第二天天刚亮的时候，母亲就来催我起身，说轮船已到鹿山脚下了。

从此一别，又同你远隔了两年。你常常写信来说。家里的老祖母在那里想念我，暑假寒假若有空闲，叫我回家来探望探望祖母母亲，但我因为异乡的花草，和年轻的朋友挽留我的缘故，终究没有回来。

唉唉！那两年中间的我的生活！红灯绿酒的沉湎，荒妄的邪游，不义的淫乐。在中宵酒醒的时候，在秋风凉冷的月下，我也曾想念及你，我也曾痛哭过几次。但灵魂丧失了的那一群妖媚的游女，和她们的娇艳动人的假笑佯啼，终究把我的天良迷住了。

前年秋天我虽回国了一次，但因为朋友邀我上Ａ地去了，我又没有回到故乡来看你。在Ａ地住了三个月，回到上海来过了旧历的除夕，我又回东京去了。直到了去年的暑假前，我提出了卒业论文，将我的放浪生活做了个结束，方才拖了许多饥不能食寒不能衣的破书旧籍回到了中国。一踏了上海的岸，生计问题就逼紧到我的眼前来，缚在我周围的运命的铁锁圈，就一天一天的扎紧起来了。

留学的时候，多谢我们孱弱无能的政府，和没有进步的同胞，像我这样的一个生则于世无补，死亦于人无损的零余者，也考得了一个官费生的资格。虽则每月所得不能敷用，是租了屋没有食，买了食没有衣的状态，但究竟每月还有几十块钱的出息，调度得好也能勉强免于死亡。并且又可进了病院向家里勒索几个医药费，拿了书店的发票向哥哥乞取几块买书钱。所以在繁华的新兴国的首都里，我却过了几年放纵的生活，如今一定的年限已经到了，学校里因为要收受后进的学生，再也不能容我在那绿树阴森的图书馆里，做白昼的痴梦了。并且我们国家的金库，也受了几个磁石心肠的将军和大官的吮吸，把供养我们一班不会作乱的割势者的能力丧失了。所以我在去年的六月就失了我的维持生命的根据，那时候我的每月的进款已经没有了。以年纪讲起来，像我这样二十六七的青年，正好到社会去奋斗。况且又在外国国立大学里卒业了的我，谁更有这样厚的面皮，再去向家中年老的母亲，或狷洁自爱的哥哥，乞求养生的资料。我去年暑假里一到上海流寓了一个多月没有回家来的原因，你知道了么？我现在索性对你讲明了吧，一则虽因为一天一天的挨过了几天，把回家的旅费用完了，其他我更有这一段不能回家的苦衷在的呀，你可能了解？

啊啊，去年六月在灯火繁华的上海市外，在车马喧嚷的黄浦江边，我一边念着Housman的 A Shropshire Lad里的

Come you home a hero

Or come not home at all,

The lads you leave will mind you

Till Ludlow tower shall fall.

几句清诗，一边呆呆的看着江中黝黑混浊的流水，曾经发了几多的叹声，滴了几多的眼泪。你若知道我那时候的绝望的情怀，我想你去年的那几封微有怨意的信也不至于发给我了。——啊！我想起了，你是不懂英文的，这几句诗我顺便替你译出吧。

汝当衣锦归，

否则永莫回，

令汝别后之儿童

望到拉德罗塔毁。

　　平常责任心很重，并且在不必要的地方，反而非常隐忍持重的我，当留学的时候，也不曾著过一书，立过一说。天性胆怯，从小就害着自卑狂的我，在新闻杂志或稠人广众之中，从不敢自家吹一点小小的气焰。不在图书馆内，便在咖啡店里、山水怀中过活的我，当那些现代的青年当做科场看的群众运动起来的时候，绝不会去慷慨悲歌的演说一次，出点无意义的风头。赋性愚鲁，不善交游，不善钻营的我，平心讲起来，在生活竞争剧烈，到处有陷阱设伏的现在的中国社会里，当然是没有生存的资格的。去年六月间，寻了几处职业失败之后，我心里想我自家若想逃出这恶浊的空气，想解决这生计困难的问题，最好唯有一死。但我若要自杀，我必须先弄几个钱来，痛饮饱吃一场，大醉之后，用了我的无用的武器，至少也要击杀一二个世间的人类——若他是比我富裕的时候，我就算替社会除了一个恶。若他是和我一样或比我更苦的时候，我就算解决了他的困难，救了他的灵魂——然后从容就死。我因为有这一种想法，所以去年夏天在睡不着的晚上，拖了沉重的脚，上黄浦江边去了好几次，仍复没有自杀。到了现在我可以老实的对你说了，我在那时候，我并不曾想到我死后的你将如何的生活过去。我的八十五岁的祖母，和六十来岁的母亲，在我死后又当如何的种种问题，当然更不在我的脑里了。你读到这里，或者要骂我没有责任心，丢下了你，自家一个去走干净的路。但我想这责任不应该推给我负的，第一，我们的国家社会，不能用我去做他们的工，使我有了气力能卖钱来养活我自家和你，所以现代的社会，就应该负这责任。即使退一步讲，第二，你的父母不能教育你，使你独立营生，便是你父母的坏处，所以你的父母也应该负这责任。第三，我的母亲戚族，知道我没有养活你的能力，要苦苦的劝我结婚，他们也应该负这责任。这不过是现在我写到这里想出来的话，当时原是没有想到的。

上海的 T 书局和我有些关系，是你所知道的。你今天午后不是从这 T 书局编辑所出发的么？去年六月经理的 T 君看我可怜不过，却为我关说了几处，但那几处不是说我没有声望，就嫌我脾气太大，不善趋奉他们的旨意，不愿意用我。我当初把我身边的衣服金银器具一件一件的典当之后，在烈日蒸照，灰土很多的上海市街中，整日的空跑了半个多月，几个有职业的先辈，和在东京曾经受过我的照拂的朋友的地方，我都去访问了。他们有的时候，也约我上菜馆去吃一次饭；有的时候，知道我的意思便也陪我做了一副忧郁的形容，且为我筹了许多没有实效的计划。我于这样的晚上，不是往黄浦江边去徘徊，便是一个人跑上法国公园的草地上去呆坐。在那时候，我一个人看看天上悠久的星河，听听远远从那公园的跳舞室里飞过来的舞曲的琴音，老有放声痛哭的时候，幸亏在黄昏的

时节，公园的四周没有人来往，所以我得尽情的哭泣；有时候哭得倦了，我也曾在那公园的草地上露宿过的。

阳历六月十八的晚上——是我忘不了的一晚——T君拿了一封A地的朋友寄来的信到我住的地方来。平常只有我去找他，没有他来找我的，T君一进我的门，我就知道一定有什么机会了。他在我用的一张破桌子前坐下之后，果然把信里的事情对我讲了。他说："A地仍复想请你去教书，你愿不愿意去？"

教书是有识无产阶级的最苦的职业，你和我已经住过半年，我的如何不愿意教书，教书的如何苦法，想是你所知道的，我在此处不必说了。况且A地的这学校里又有许多黑暗的地方，有几个想做校长的野心家，又是忌刻心很重的，像这样的地方的教席，我也不得不承认下去的当时的苦况，大约是你所意想不到的，因为我那时候同在伦敦的屋顶下挨饿的Chatterton一样，一边虽在那里吃苦，一边我写回来的家信上还写得娓娓有致，说什么地方也在请我，什么地方也在聘我哩！

啊啊！同是血肉造成的我，我原是有虚荣心，有自尊心的呀！请你不要骂我作墦间乞食的齐人吧！唉，时运不济，你就是骂我，我也甘心受骂的。

我们结婚后，你给我的一个钻石戒指，我在东京的时候，替你押卖了，这是你当时已经知道的。我当T君将A地某校的聘书交给我的时候，身边值钱的衣服器具已经典当尽了。在东京学校的图书馆里，我记得读过一个德国薄命诗人Grabbe的传记。一贫如洗的他想上京去求职业去，同我一样贫穷的他的老母将一副祖传的银的食器交给了他，作他的求职的资斧。他到了孤冷的首都里，今日吃一个银匙，明日吃一把银刀，不上几日，就把他那副祖传的食器吃完了。我记得Heine还嘲笑过他的。去年六月的我的穷状，可是比Grabbe更甚了；最后的一点值钱的物事，就是我在东京买来，预备送你的一个天赏堂制的银的装照相的架子，我在穷急的时候，早曾打算把它去换几个钱用，但一次一次的难关都被我打破，我决心把这一点微物，总要安安全全的送到你的手里；殊不知到了最后，我接到了Ａ地某校的聘书之后，仍不得不把它去押在当铺里，换成了几个旅费，走回家来探望年老的祖母母亲，探望怯弱可怜同绵羊一样的你。

去年六月，我于一天晴朗的午后，从杭州坐了小汽船，在风景如画的钱塘江中跑回家来。过了灵桥里山等绿树连天的山峡，将近故乡县城的时候，我心里同时感着了一种可喜可怕的感觉。立在船舷上，呆呆的凝望着春江第一楼前后的山景，我口里虽在微吟"近乡情更怯，不敢问来人"的二句唐诗，我的心里却在这样的默祷：

……天帝有灵，当使埠头一个我的认识的人也不在！要不使他们知道才好，要不使他们知道我今天沦落了回来才好……

船一靠岸，我左右手里提了两只皮箧，在晴日的底下从乱杂的人丛中伏倒了头，同逃也似的走回家来。我一进门看见母亲还在偏间的膳室里喝酒。我想张起喉音来亲亲热热的叫一声母亲的，但一见了亲人，我就把回国以来受的社会的侮辱想了出来，所以我的咽喉便梗住了；我只能把两只皮箧向凳上一抛，马上就匆匆的跑上楼上的你的房里来，好把我的没有丈夫气，到了伤心的时候就要流泪的坏习惯藏藏躲躲；谁知一进你的房，你却流了一脸的汗和眼泪，坐在床前呜咽地暗在啜泣。我动也不动的呆看了一会，方提起了干燥的喉音，幽幽的问你为什么要哭。你听了我这句问话反哭得更加厉害，暗泣中间却带起几声压不下去的唏嘘声来了。我又问你究竟为什么，你只是摇头不说。本来是伤心的我，又被你这样的引诱了一番，我就不得不抱了你的头同你对哭起来。喝不上一碗热茶的工夫，楼下的母亲就大骂着说："……什么的公主娘娘，我说着这几句话，就要上楼去摆架子。……轮船埠头谁对你这小畜生讲了，在

上海逛了一个多月，走将家来，一声也不叫，狠命的把皮篓在我面前一丢……这算是什么行为！……你便是封了王回来，也没有这样的行为的呀！……两夫妻暗地里通通信，商量商量，……你们好来谋杀我的……"

我听见了母亲的骂声，反而止住不哭了。听到"封了王回来"的这一句话，我觉得全身的血流都倒注了上来。在炎热的那盛暑的时候，我却同在寒冬的夜半似的手脚都发了抖。啊啊，那时候若没有你把我止住，我怕已经冒了大不孝的罪名，要永久的和我那年老的母亲诀别了。若那时候我和我母亲吵闹一场，那今年的祖母的死，我也是送不着的，我为了这事，也不得不重重的感谢你的呀！

那一天我的忽而从上海的回来，原是你也不知道，母亲也不知道的。后来母亲的气平了下去，你我的悲感也过去了的时候，我才知道我没有到家之先，母亲因为我久住上海不回家来的原因，在那里发脾气骂你。啊啊，你为了我的缘故，害骂害说的事情大约总也不止这一次了。也难怪你当我告诉你说我将于几日内动身到A地去的时候，哀哀的哭得不住的。你那柔顺的性质，是你一生吃苦的根源。同我的对于社会的虐待，丝毫没有反抗能力的性质，却是一样。啊啊！反抗反抗，我对于社会何尝不晓得反抗，你对于加到你身上来的虐待也何尝不晓得反抗，但是怯弱的我们，没有能力的我们，叫我们从何处反抗起呢？

到了痛定之后，我看看你的形容，比前年患疟疾的时候更消瘦了。到了晚上，我捏到你的下腿，竟没有那一段肥突的脚肚，从脚后跟起，到脚弯膝止，完全是一条直线。啊啊！我知道了，我知道白天我对你说我要上A地去的时候你就流眼泪的原因了。

我已经决定带你同往A地，将催A地的学校里速汇二百元旅费来的快信寄出之后，你我还不敢将这计划告诉母亲，怕母亲不赞成我们。到了旅费汇到的那天晚上，你还是疑惑不决的说："万一外边去不能支持，仍要回家来的时候，如何是好呢！"

可怜你那被威权压服了的神经，竟好像是希腊的巫女，能预知今天的劫运似的。唉，我早知道有今天的一段悲剧，我当时就不该带你出来了。

我去年暑假郁郁的在家里和你住了几天，竟不料就会种下一个烦恼的种子的。等我们同到了Ａ地将房屋什器安顿好的时候，你的身体已经不是平常的身体了。吃几口饭就要呕吐。每天只是懒懒的在床上躺着。头一个月我因为不知底细，曾经骂过你几次，到了三四个月上，你的身体一天一天的重起来，我的神经受了种种激刺，也一天一天的粗暴起来了。

第一因为学校里的课程干燥无味，我天天去上课就同上刑具被拷问一样，胸中只感着一种压迫。

第二因为我在杂志上发表了一篇旧作的文字，淘了许多无聊的闲气。更有些忌刻我的恶劣分子，就想以此来作我的葬歌，纷纷的攻击我起来。

第三我平时原是挥霍惯了的，一想到辞了教授的职后，就又不得不同六月间一样，尝那失业的苦味。况且现在又有了家室，又有了未来的儿女，万一再同那时候一样的失起业来，岂不要比曩时更苦。

我前面也已经提起过了，在社会上虽是一个懦弱的受难者的我，在家庭内却是一个凶恶的暴君。在社会上受的虐待，欺凌，侮辱，我都要一一回家来向你发泄的。可怜你自从去年十月以来，竟变了一只无罪的羔羊，日日在那里替社会赎罪，作了供我这无能的暴君的牺牲。我在外面受了气回来，不是说你做的菜不好吃，就骂你是害我吃苦的原因。我一想到了将来失业的时候的苦况，神经激动起来的时候每骂着说："你去死！你死了我方有出头的日子。我辛辛苦苦，是为什么人在这里做牛马的呀。要只有我一个人，我何处不可去，我何苦要在这死地方做苦工呢！只知道在家里坐食的你这行尸，你究竟是为了什么目的生存在这世上的呀？……"

你被我骂不过，就暗哭起来。我骂你一场之后，把胸中的悲愤发泄完了，大抵总立时痛责我自家，上前来爱抚你一番，并且每用了柔和的声气，细细的把我的发气的原因——社会对我的虐待——讲给你听。你听了反替我抱着不平，每又哀哀的为我痛哭，到后来，终究到了两人相持对泣而后已。像这样的情景，起初不过间几日一次的，到后来将放年假的时候，变了一日一次或一日数次了。

唉唉，这悲剧的出生，不知究竟是结婚的罪恶呢？还是社会的罪恶？若是为结婚错了的原因而起的，那这问题倒还容易解决；若因社会的组织不良，致使我不能得适当的职业，你不能过安乐的日子，因而生出这种家庭的悲剧的，那我们的社会就不得不根本的改革了。

在这样的忧患中间，我与你的悲哀的继承者，竟生了下来，没有足月的这小生命，看来也是一个神经质的薄命的相儿。你看他那哭时的额上的一条青筋，不是神经质的证据么？饥饿的时候，你喂乳若迟一点，他老要哭个不止，像这样的性格，便是将来吃苦的基础。唉唉，我既生到了世上，受这样的社会的煎熬，正在求生不可，求死不得的时候，又何苦多此一举，生这一块肉在人世呢？啊啊！矛盾，惭愧，我是解说不了的了。以后若有人动问，就请你答复吧！

悲剧的收场，是在一个月的前头。那时候你的神经已经昏乱了，大约已记不清楚，但我却牢牢记着的。那天晚上，正下弦的月亮刚从东边升起来的时候。

我自从辞去了教授职后，托哥哥在某银行里谋了一个位置。但不幸的时候，事运不巧，偏偏某银行为了政治上的问题，开不出来。我闲居Ａ地，日日在家中喝酒，喝醉之后，便声声的骂你与刚出生的那小孩，说你与小孩是我的脚镣，我大约要为你们的缘故沉水而死的。我硬要你们回故乡去，你们却是不肯。那一晚我骂了一阵，已经是朦胧的想睡了。在半醒半睡中间，我从帐子里看出来，好像见你在与小孩讲话。

"……你要乖些……要乖些。……小宝睡了吧……不要讨爸爸的厌……不要讨……娘去之后……要……要……乖些……"

讲了一阵，我好像看见你坐在洋灯影里揩眼泪，这是你的常态，我看得不耐烦了，所以就翻了一转身，面朝着了里床。我在背后觉得你在灯下哭了一会，又站起来把我的帐子掀开了对我看了一回。我那时候只觉得好睡，所以没有同你讲话。以后我就睡着了。

我们街前的车夫，在我们门外乱打的时候，我才从被里跳了起来。我跌来碰去的走出门来的时候，已经是昏乱得不堪了。我只见你的披散的头发，结成了一块，围在你的项上。正是下弦的月亮从东边升起来的时候，黄灰色的月光射在你的面上；你那本来是灰白的面色，反射出了一道冷光，你的眼睛好好的闭在那里，嘴唇还在微微的动着；你的湿透了的棉袄上，因为有几个扛你回来的车夫的黑影投射着，所以是一块黑一块青的。我把洋灯在地上一放，就抱着了你叫了几声，你的眼睛开了一开，马上就闭上了，眼角上却涌了两条眼泪出来。啊啊，我知道你那时候心里并不怨我的，我知道你并不怨我的，我看了你的眼泪，就能辨出你的心事来，但是我哪能不哭，我哪能不哭呢！我还怕什么？我还要维持什么体面？我就当了众人的面前哭出来了。那时候他们已经把你搬进了房。你床上睡着的小孩，听见了嘈杂的人声，也放大了喉咙啼泣了起来。大约是小孩的哭声传到了你的耳膜上了，你才张开眼来，含了许多眼泪对我看了一眼。我一边替你换湿衣裳，一边叫你安睡，不要去管那小孩。恰好间壁雇在那里的乳母，也听见了这杂噪声起了床，跑了过来；我知道你眷念小孩，所以就叫乳母替我把小孩抱了过来。奶妈抱了小孩走过床上你的身边的时候，你又对她看了一眼。同时我却听见长江里的轮船放了一声开船的汽笛声。

在病院里看护你的十五天工夫，是我的心地最纯洁的日子。利己心很重的我，从来没有感觉到这样纯洁的爱情过。可怜你身体热到四十一度的时候，还要忽而从睡梦中坐起来问我："龙儿，怎么样了？"

"你要上银行去了么？"

我从 A 地动身的时候，本来打算同你同回家去住的，像这样的社会上，谅来总也没有我的位置了。即使寻着了职业，像我这样愚笨的人，也是没有希望的。我们家里，虽则不是豪富，然而也可算得中产，养养你，养养我，养养我们的龙儿的几颗米是有的。你今年二十七，我今年二十八了，即使你我各有五十岁好活，以后还有几年？我也不想富贵功名了。若为一点毫无价值的浮名，几个不义的金钱，要把良心拿出来去换，要牺牲了他人作我的踏脚板，那也何苦哩。这本来是我从 A 地同你和龙儿动身时候的决心。不是动身的前几晚，我同你拿出了许多建筑的图案来看了么？我们两人不是把我们回家之后，预备到北城近郊的地里，由我们自家的手去造的小茅屋的样子画得好好的么？我们将走的前几天不是到 A 地的可纪念的地方，与你我有关的地方都去逛了么？我在长江轮船上的时候，这决心还是坚固得很的。

我这决心的动摇，在我到上海的第二天。那天白天我同你照了照相，吃了午膳，不是去访问了一位初从日本回来的朋友么？我把我的计划告诉了他，他也不说可，不说否，但只指着他的几位小孩说："你看看我看，我是怎么也不愿意逃避的。我的系累，岂不是比你更多么？"

啊啊！好胜的心思，比人一倍强盛的我，到了这兵残垒下的时候，同落水鸡似的逃回乡里去——这一出失意的还乡记，就是比我更怯弱的青年，也不愿意上台去演的呀！我回来之后，晚上一晚不曾睡着。你知道我胸中的愁郁，所以只是默默的不响，因为在这时候，你若说一句话，总难免不被我痛骂。这是我的老脾气，虽从你进病院之后直到那天还没有发过，但你那事件发生以前却是常发的。

像这样的状态，继续了三天。到了昨天晚上，你大约是看得我难受了，所以当我兀兀的坐在床上的时候，你就对我说："你不要急得这样，你就一个人住在上海吧。你但须送我上火车，我与龙儿是可以回去的，你可以不必同我们去。我想明天马上就搭午后的车回浙江去。"

本来今天晚上还有一处请我们夫妇吃饭的地方，但你因为怕我昨晚答应你将你和小孩先送回家的事情要变卦，所以你今天就急急的要走。我一边只觉得对你不起，一边心里不知怎么的又在恨你。所以我当你在那里捡东西的时候，眼睛里涌着两泓清泪，只是默默的讲不出话来。直到送你上车之后，在车座里坐了一会，等车快开了，我才讲了一句："今天天气倒还好。"你知道我的意思，所以把头朝向了那面的车窗，好像在那里探看天气的样子，许久不回过头来。唉唉，你那时若把你那水汪汪的眼睛朝我看一看，我也许会同你马上就痛哭起来的，也许仍复把你留在上海，不使你一个人回去的。也许我就硬的陪你回浙江去的，至少我也许要陪你到杭州。但你终不回转头来，我也不再说第二句话，就站起来走下车了。我在月台上立了一会，故意不对你的玻璃窗看。等车开的时候，我赶上了几步，却对你看了一眼，我见你的眼下左颊上有一条痕迹在那里发光。我眼见得车去远了，月台上的人都跑了出去，我一个人落得最后，慢慢的走出车站来。我不晓得是什么原因，心里只觉得是以后不能与你再见的样子，我心酸极了。啊啊，我这不祥之语，是多讲的。我在外边只希望你和龙儿的身体壮健，你和母亲的感情融洽。我是无论如何，不至投水自沉的，请你安心。你到家之后千万要写信来给我的哩！我不接到你平安到家的信，什么决心也不能下，我是在这里等你的信的。

一九二三年四月六日清明节午后

青 烟

　　寂静的夏夜的空气里闲坐着的我，脑中不知有多少愁思，在这里汹涌。看看这同绿水似的由蓝纱罩里透出来的电灯光，听听窗外从静安寺路上传过来的同倦了似的汽车鸣声，我觉得自家又回到了青年忧郁病时代去的样子，我的比女人还不值钱的眼泪，又映在我的颊上了。

　　抬头起来，我便能见得那催人老去的日历，时间一天一天的过去了，但是我的事业，我的境遇，我的将来，啊啊，吃尽了千辛万苦，自家以为已有些物事被我把握住了，但是放开紧紧捏住的拳头来一看，我手里只有一溜青烟！

　　世俗所说的"成功"，于我原似浮云。无聊的时候偶尔写下来的几篇概念式的小说，虽则受人攻击，我心里倒也没有什么难过，物质上的困迫，只教我自家能咬紧牙齿，忍耐一下，也没有些微关系，但是自从我生出之后，直到如今二十余年的中间，我自家播的

种，栽的花，哪里有一枝是鲜艳的？哪里一枝曾经结过果来？啊啊，若说人的生活可以涂抹了改作的时候，我的第二次的生涯，决不愿意把它弄得同过去的二十年间的生活一样的！我从小若学作木匠，到今日至少也已有一二间房屋造成了。无聊的时候，跑到这所我所手造的房屋边上去看看，我的寂寥，一定能够轻减。我从小若学作裁缝，不消说现在定能把轻罗绣缎剪开来缝成好好的衫子了。无聊的时候，把我自家剪裁，自家缝纫的纤丽的衫裙，打开来一看，我的郁闷，也定能消杀下去。但是无一艺之长的我，从前还自家骗自家，老把古今中外文人所作成的杰作拿出来自慰，现在梦醒之后，看了这些名家的作品，只是愧耐，所以目下连饮鸩也不能止我的渴了，叫我还有什么法子来填补这胸中的空虚呢？

有几个在有钱的人翼下寄生着的新闻记者说：

"你们的忧郁，全是做作，全是无病呻吟，是丑态！"

我只求能够真真的如他们所说，使我的忧郁是假作的，那么就是被他们骂得再厉害一点，或者竟把我所有的几本旧书和几块不知从何处来的每日买面包的钱，给了他们，也是愿意的。

有几个为前面那样的新闻记者作奴仆的人说：

"你们在发牢骚，你们因为没有人来使用你们，在发牢骚！"

我只求我所发的是牢骚，那么我就是连现在正打算点火吸的这枝Felucca，给了他们都可以，因为发牢骚的人，总有一点自负，但是现在觉得自家的精神肉体，委靡得同风的影子一样的我，还有一点什么可以自负呢？

有几个比较了解我性格的朋友说：

"你们所感得的是Toska，是现在中国人人都感得的。"

但是但是我若有这样的Myriad mind，我早成了Shakespeare了。

我的弟兄说：

"唉，可怜的你，正生在这个时候，正生在中国闹得这样的时候，难怪你每天只是郁郁的；跑上北又弄不好，跑上南又弄不好，

你的忧郁是应该的，你早生十年也好，迟生十年也好……"

我无论在什么时候——就假使我正抱了一个肥白的裸体妇女，在酣饮的时候罢——听到这一句话，就会痛哭起来，但是你若再问一声，"你的忧郁的根源是在此了么？"我定要张大了泪眼，对你摇几摇头说："不是，不是。"国家亡了有什么？亡国诗人Sienkiewicz，不是轰轰烈烈的做了一世人么？流寓在租界上的我的同胞不是个个都很安闲的么？国家亡了有什么？外国人来管理我们，不是更好么？陆剑南的"王师北定中原日，家祭无忘告乃翁"的两句好诗，不是因国亡了才做得出来的么？少年的血气干萎无遗的目下的我，哪里还有同从前那么的爱国热忱，我已经不是Chauvinist了。

窗外汽车声音渐渐的稀少下去了，苍茫六合的中间我只听见我的笔尖在纸上划字的声音。探头到窗外去一看，我只看见一弯黝黑的夏夜天空，淡映着几颗残星。我搁下了笔，在我这同火柴箱一样的房间里走了几步，只觉得一味凄凉寂寞的感觉，浸透了我的全身，我也不知道这忧郁究竟是从什么地方来的。

虽是刚过了端午节，但象这样暑热的深夜里，睡也睡不着的。我还是把电灯灭黑了，看窗外的景色罢！

窗外的空间只有错杂的屋脊和尖顶，受了几处瓦斯灯的远光，绝似电影的楼台，把它们的轮廓画在微茫的夜气里。四处都寂静了，我却听见微风吹动窗叶的声音，好象是大自然在那里幽幽叹气的样子。

远处又有汽车的喇叭声响了，这大约是西洋资本家的男女，从淫乐的裸体跳舞场回家去的凯歌罢。啊啊，年纪要轻，颜容要美，更要有钱。

我从窗口回到了坐位里，把电灯拧开对镜子看了几分钟，觉得这清瘦的容貌，终究不是食肉之相。在这样无可奈何的时候，还是吸吸烟，倒可以把自家的思想统一起来，我擦了一枝火柴，把一枝Felucca点上了。深深的吸了一口，我仍复把这口烟完全吐上了电灯的绿纱罩子。绿纱罩的周围，同夏天的深山雨后似的，起了一层淡紫的云雾。呆呆的对这层云雾凝视着，我的身子好象是缩小了投乘在这淡紫的云雾中间。这层轻淡的云雾，一飘一扬的荡了开去，我的身体便化而为二，一个缩小的身子在这层雾里飘荡，一个原身仍坐在电灯的绿光下远远的守望着那青烟里的我。

A Phantom

已经是薄暮的时候了。

天空的周围，承受着落日的余晖，四边有一圈银红的彩带，向天心一步步变成了明蓝的颜色，八分满的明月，悠悠淡淡地挂在东半边的空中。几刻钟过去了，本来是淡白的月亮放起光来。月光下流着一条曲折的大江，江的两岸有郁茂的树林，空旷的沙渚。夹在树林沙渚中间，各自离开一里二里，更有几处疏疏密密的村落。村落的外边环抱着一群层叠的青山。当江流曲处，山岗亦折作弓形，白水的弓弦和青山的弓背中间，聚居了几百家人家，便是 F 县县治所在之地。与透明的清水相似的月光，平均的洒遍了这县城，江流，青山，树林，和离县城一二里路的村落。黄昏的影子，各处都可以看得出来了。平时非常寂静的这 F 县城里，今晚上却带着些跃动的生气，家家的灯火点得比平时格外的辉煌，街上来往的行人也比平时格外的嘈杂，今晚的月亮，几乎要被小巧的人工比得羞涩起来了。这一天是旧历的五月初十，正是 F 县城里每年演戏行元帅会的日子。

一个年纪大约四十左右的清瘦的男子，当这黄昏时候，拖了一双走倦了的足慢慢的进了 F 县城的东门，踏着自家的影子，一步一步的夹在长街上行人中间向西走来，他的青黄的脸上露着一副惶恐的形容，额上眼下已经有几条皱纹了。嘴边上乱生在那里的一丛芜杂的短胡，和身上穿着的一件龌龊的半旧竹布大衫，证明他是一个

落魄的人。他的背脊屈向前面，一双同死鱼似的眼睛，尽在向前面和左旁右旁偷看，好象是怕人认识他的样子，也好象是在那里寻知己的人的样子。他今天早晨从H省城动身，一直走了九十里路，这时候才走到他廿年不见的故乡F城里。

他慢慢的走到了南城街的中心，停住了足向左右看了一看，就从一条被月光照得灰白的巷里走了进去。街上虽则热闹，但这条狭巷里仍是冷冷清清。向南的转了一个弯，走到一家大墙门的前头，他迟疑了一会，便走过去了。走过了两三步，他又回了转来。向门里偷眼一看，他看见正厅中间桌上有一盏洋灯点在那里。明亮的洋灯光射到上首壁上，照出一张钟馗图和几副蜡笺的字对来。此处厅上空空寂寂，没有人影。他在门口走来走去的走了几遍，眼睛里放出了两道晶润的黑光，好象是要哭哭不出来的样子。最后他走转来过这墙门口的时候，里面却走出了一个与他年纪相仿的女人来。因为她走在他与洋灯的中间，所以他只看见她的蓬蓬的头发，映在洋灯的光线里，他急忙走过了三五步，就站住了。那女人走出了墙门，走上和他相反的方向去。他仍复走转来，追到了那女人的背后。那女人听见了他的脚步声忽儿把头朝了转来。他在灰白的月光里对她一看就好象触了电似的呆住了。那女人朝转来对他微微看了一眼，仍复向前的走去。他就赶上一步，轻轻的问那女人说：

"嫂嫂这一家是姓于的人家么？"

那女人听了这句问语，就停住了脚，回答他说：

"嗳！从前是姓于的，现在卖给了陆家了。"

在月光下他虽辨不清她穿的衣服如何，但她脸上的表情是很憔悴，她的话声是很凄楚的，他的问语又轻了一段，带起颤声来了

"那么于家搬上哪里去了呢？"

"大爷在北京，二爷在天津。"

"他们的老太太呢？"

"婆婆去年故了。"

"你是于家的嫂嫂么？"

"噯！我是三房里的。"

"那么于家就是你一个人住在这里么？"

"我的男人、出去了二十多年，不知道在什么地方，所以我也不能上北京去，也不能上天津去，现在在这里帮陆家烧饭。"

"噢噢！"

"你问于家干什么？"

"噢噢！谢谢……"

他最后的一句话讲得很幽，并且还没有讲完，就往后的跑了。那女人在月光里呆看了一会他的背影，眼见得他的影子一步一步的小了下去，同时又远远的听见了一声他的暗泣的声音，她的脸上也滚了两行眼泪出来。

月亮将要下山去了。

江边上除了几声懒懒的犬吠声外，没有半点生物的动静，隔江岸上，有几家人家，和几处树林，静静的躺在同霜华似的月光里。树林外更有一抹青山，如梦如烟的浮在那里。此时F城的南门江边上，人家已经睡尽了。江边一带的房屋，都披了残月，倒影在流动的江波里。虽是首夏的晚上，但到了这深夜，江上也有些微寒意。

停了一会有一群从戏场里回来的人，破了静寂，走过这南门的江上。一个人朝着江面说：

"好冷吓，我的毛发都竦竖起来了，不要有溺死鬼在这里讨替身哩！"

第二个人说：

"溺死鬼不要来寻着我，我家里还有老婆儿子要养的哩！"

第三第四个人都哈哈的笑了起来。这一群人过去了之后，江边上仍复归还到一刻前的寂静状态去了。

月亮已经下山了，江边上的夜气，忽而变成了灰色。天上的星宿，一颗颗放起光来，反映在江心里。这时候南门的江边上又闪

出了一个瘦长的人影，慢慢的在离水不过一二尺的水际徘徊。因为这人影的行动很慢，所以它的出现，并不能破坏江边上的静寂的空气。但是几分钟后这人影忽而投入了江心，江波激动了，江边上的沉寂也被破了。江上的星光摇动了一下，好象似天空掉下来的样子。江波一圆一圆的阔大开来，映在江波里的星光也随而一摇一摇的动了几动。人身入水的声音和江上静夜里生出来的反响与江波的圆圈消灭的时候，灰色的江上仍复有死灭的寂静支配着，去天明的时候，正还远哩！

Epilogue

我呆呆的对着了电灯的绿光，一枝一枝把我今晚刚买的这一包烟卷差不多吸完了。远远的鸡鸣声和不知从何处来的汽笛声，断断续续的传到我的耳膜上来，我的脑筋就联想到天明上去。

可不是么？你看！那窗外的屋瓦，不是一行一行的看得清楚了么？

"啊啊，这明蓝的天色！

是黎明期了！

啊呀，但是我又在窗下听见了许多洗便桶的声音。这是一种象征，这是一种象征。我们中国的所谓黎明者，便是秽浊的手势戏的开场呀！

一九二三年旧历五月十日午前四时

原载一九二三年六月三十日《创造周报》第八号

春风沉醉的晚上

一

　　在沪上闲居了半年，因为失业的结果，我的寓所迁移了三处。最初我住在静安寺路南的一间同鸟笼似的永也没有太阳晒着的自由的监房里。这些自由的监房的住民，除了几个同强盗小窃一样的凶恶裁缝之外，都是些可怜的无名文士，我当时所以送了那地方一个Yellow Grub Street的称号。在这Grub Street里住了一个月，房租忽涨了价，我就不得不拖了几本破书，搬上跑马厅附近一家相识的栈房里去。后来在这栈房里又受了种种逼迫，不得不搬了，我便在外白渡桥北岸的邓脱路中间，日新里对面的贫民窟里，寻了一间小小的房间，迁移了过去。

　　邓脱路的这几排房子，从地上量到屋顶，只有一丈几尺高。

我住的楼上的那间房间，更是矮小得不堪。若站在楼板上伸一伸懒腰，两只手就要把灰黑的屋顶穿通的。从前面的弄里跶进了那房子的门，便是房主的住房。在破布，洋铁罐，玻璃瓶，旧铁器堆满的中间，侧着身子走进两步，就有一张中间有几根横档跌落的梯子靠墙摆在那里。用了这张梯子往上面的黑黝黝的一个二尺宽的洞里一接，即能走上楼去。黑沉沉的这层楼上，本来只有猫额那样大，房主人却把它隔成了两间小房，外面一间是一个N烟公司的女工住在那里，我所租的是梯子口头的那间小房，因为外间的住者要从我的房里出入，所以我的每月的房租要比外间的便宜几角小洋。

我的房主，是一个五十来岁的弯腰老人。他的脸上的青黄色里，映射着一层暗黑的油光。两只眼睛是一只大一只小，颧骨很高，额上颊上的几条皱纹里满砌着煤灰，好像每天早晨洗也洗不掉的样子。他每日于八九点钟的时候起来，咳嗽一阵，便挑了一双竹篮出去，到午后的三四点钟总仍旧是挑了一双空篮回来的，有时挑了满担回来的时候，他的竹篮里便是那些破布，破铁器，玻璃瓶之类。像这样的晚上，他必要去买些酒来喝喝，一个人坐在床沿上瞎骂出许多不可捉摸的话来。

我与间壁的同寓者的第一次相遇，是在搬来的那天午后。春天的急景已经快晚了的五点钟的时候，我点了一支蜡烛，在那里安放几本刚从栈房里搬过来的破书。先把它们叠成了两方堆，一堆小些，一堆大些，然后把两个二尺长的装画的画架覆在大一点的那堆书上。因为我的器具都卖完了，这一堆书和画架白天要当写字台，晚上可当床睡的。摆好了画架的板，我就朝着了这张由书叠成的桌子，坐在小一点的那堆书上吸烟，我的背系朝着梯子的接口的。我一边吸烟，一边在那里呆看放在桌上的蜡烛火，忽而听见梯子口上起了响动，回头一看，我只见了一个自家的扩大的投射影子，此外什么也辨不出来，但我的听觉分明告诉我说："有人上来了。"我向暗中凝视了几秒钟，一个圆形灰白的面貌，半截纤细的女人的身体，方才映到我的眼帘上来。一见了她的容貌，我就知道她是我的间壁的同居者了。因为我来找房子的时候，那房主的老人便告诉我说，这屋里除了他一个人外，楼上只住着一个女工。我一则喜欢房价的便宜，二则喜欢这屋里没有别的女人小孩，所以立刻就租定了的。等她走上了梯子，我才站起来对她点了点头说："对不起，我是今朝才搬来的，以后要请你照应。"

她听了我这话，也并不回答，放了一双漆黑的大眼，对我深深的看了一眼，就走上她的门口去开了锁，进房去了。我与她不过这样的见了一面，不晓是什么原因，我只觉得她是一个可怜的女子。她的高高的鼻梁，灰白长圆的面貌，清瘦不高的身体，好像都是表明她是可怜的特征，但是当时正为了生活问题在那里操心的我，也无暇去怜惜这还未曾失业的女工，过了几分钟我又动也不动的坐在那一小堆书上看蜡烛光了。

在这贫民窟里过了一个多礼拜，她每天早晨七点钟去上工和午后六点多钟下工回来，总只见我呆呆的对着了蜡烛或油灯坐在那堆书上。大约她的好奇心被我那痴不痴呆不呆的态度挑动了罢，有一天她下了工走上楼来的时候，我依旧和第一天一样的站起来让她过去。她走到了我的身边忽而停住了脚，看了我一眼，吞吞吐吐好像怕什么似的问我说："你天天在这里看的是什么书？"

（她操的是柔和的苏州音，听了这一种声音以后的感觉，是什么也写不出来的，所以我只能把她的言语译成普通的白话。）

我听了她的话，反而脸上涨红了。因为我天天呆坐在那里，面前虽则有几本外国书摊着，其实我的脑筋昏乱得很，就是一行一句也看不进去。有时候我只用了想象在书的上一行与下一行中间的空白里，填些奇异的模型进去。有时候我只把书里边的插画翻开来看看，就了那些插画演绎些不近人情的幻想出来。我那时候的身体因为失眠与营养不良的结果，实际上已经成了病的状态了。况且又因为我的唯一的财产的一件棉袍子已经破得不堪，白天不能走出外面

去散步和房里全没有光线进来，不论白天晚上，都要点着油灯或蜡烛的缘故，非但我的全部健康不如常人，就是我的眼睛和脚力，也局部的非常萎缩了。在这样状态下的我，听了她这一句，如何能够不红起脸来呢？所以我只是含含糊糊的回答说："我并不在看书，不过什么也不做呆坐在这里，样子一定不好看，所以把这几本书摊放着的。"她听了这话，又深深的看了我一眼，做了一种不了解的形容，依旧的走到她的房里去了。

那几天里，若说我完全什么事情也不去找，什么事情也不曾干，却是假的。有时候，我的脑筋稍微清新一点下来，也曾译过几首英法的小诗，和几篇不满四千字的德国的短篇小说，于晚上大家睡熟的时候，不声不响的出去投邮，寄投给各新闻的书局。因为当时我的各方面就职的希望，早已经完全断绝了，只有这一方面，还能靠了我的枯燥的脑筋，想想法子看。万一中了他们编辑先生的意，把我译的东西登了出来，也不难得着几块钱的酬报。所以我自迁移到邓脱路以后，当她第一次同我讲话的时候，这样的译稿已经发出了三四次了。

二

在乱昏昏的上海租界里住着，四季的变迁和日子的过去是不容易觉得的。我搬到了邓脱路的贫民窟之后，只觉得身上穿在那里的那件破棉袍子一天一天的重了起来，热了起来，所以我心里想："大约春光也已经老透了吧！"

但是囊中很羞涩的我，也不能上什么地方去旅行一次，日夜只是在那暗室的灯光下呆坐。有一天，大约是午后了，我也是这样的坐在那里，间壁的同住者忽而手里拿了两包用纸包好的物件走了上来，我站起来让她走的时候，她把手里的纸包放了一包在我的书桌上说："这一包是葡萄浆的面包，请你收藏着，明天好吃的。另外我还有一包香蕉买在这里，请你到我房里来一道吃吧！"

我替她拿住了纸包，她就开了门邀我进她的房里去。共住了这十几天，她好像已经信用我是一个忠厚的人的样子。我见她初见我的时候脸上流露出来的那一种疑惧的形容完全没有了。我进了她的房里，才知道天还未暗，因为她的房里有一扇朝南的窗，太阳反射的光线从这窗里投射进来，照见了小小的一间房，由二条板铺成的一张床，一张黑漆的半桌，一只板箱，和一只圆凳。床上虽则没有帐子，但堆着有二条洁净的青布被褥。半桌上有一只小洋铁箱摆在那里，大约是她的梳头器具，洋铁箱上已经有许多油污的点子了。她一边把堆在圆凳上的几件半旧的洋布棉袄，粗布裤等收在床上，一边就让我坐下。我看了她那殷勤待我的样子，心里倒不好意思起来，所以就对她说："我们本来住在一处，何必这样的客气。"

"我并不客气，但是你每天当我回来的时候，总站起来让我，我却觉得对不起得很。"

这样的说着，她就把一包香蕉打开来让我吃。她自家也拿了一只，在床上坐下，一边吃一边问我说："你何以只住在家里，不出去找点事情做做？"

"我原是这样的想，但是找来找去总找不着事情。"

"你有朋友么？"

"朋友是有的，但是到了这样的时候，他们都不和我来往了。"

"你进过学堂么？"

"我在外国的学堂里曾经念过几年书。"

"你家在什么地方？何以不回家去？"

她问到了这里，我忽而感觉到我自己的现状了。因为自去年以来，我只是一日一日的萎靡下去，差不多把"我是什么人"，"我现在所处的是怎么一种境遇"，"我的心里还是悲还是喜"这些观念都忘掉了。经她这一问，我重新把半年来困苦的情形一层一层的

想了出来。所以听她的问话以后，我只是呆呆的看她，半晌说不出话来。她看了我这个样子，以为我也是一个无家可归的流浪人，脸上就立时起了一种孤寂的表情，微微的叹着说："唉！你也是同我一样的么？"

微微的叹了一声之后，她就不说话了。我看她的眼圈上有些潮红起来，所以就想了一个另外的问题问她说："你在工厂里做的是什么工作？"

"是包纸烟的。"

"一天做几个钟头工？"

"早晨七点钟起，晚上六点钟止，中上休息一个钟头，每天一共要做十个钟头的工。少做一点钟就要扣钱的。"

"扣多少钱？"

"每月九块钱，所以是三块钱十天，三分大洋一个钟头。"

"饭钱多少？"

"四块钱一月。"

"这样算起来，每月一个钟头也不休息，除了饭钱，可省下五块钱来。够你付房钱买衣服的么？"

"哪里够呢！并且那管理人又……啊啊！……我……我所以非常恨工厂的。你吃烟的么？"

"吃的。"

"我劝你顶好还是不吃。就吃也不要去吃我们工厂的烟。我真恨死它在这里。"

我看看她那一种切齿怨恨的样子，就不愿意再说下去。把手里捏着的半个吃剩的香蕉咬了几口，向四边一看，觉得她的房里也有些灰黑了，我站起来道了谢，就走回到了我自己的房里。她大约做工倦了的缘故，每天回来大概是马上就入睡的，只有这一晚上，她在房里好像是直到半夜还没有就寝。从这一回之后，她每天回来，总和我说几句话。我从她自家的口里听得，知道她姓陈，名叫二妹，是苏州东乡人，从小系在上海乡下长大的。她父亲也是纸烟工厂的工人，但是去年秋天死了。她本来和她父亲同住在那间房里，每天同上工厂去的，现在却只剩了她一个人了。她父亲死后的一个多月，她早晨上工厂去也一路哭了去，晚上回来也一路哭了回来的。她今年十七岁，也无兄弟姊妹，也无近亲的亲戚。她父亲死后的葬殓等事，是他于未死之前把十五块钱交给楼下的老人，托这老人包办的。她说："楼下的老人倒是一个好人，对我从来没有起过坏心，所以我得同父亲在世一样的去做工；不过工厂的一个姓李的管理人却坏得很，知道我父亲死了，就天天的想戏弄我。"

她自家和她父亲的身世，我差不多全知道了，但她母亲是如何的一个人，死了呢还是活在那里，假使还活着，住在什么地方等等，她却从来还没有说及过。

三

天气好像变了。几日来我那独有的世界，黑暗的小房里的腐浊的空气，同蒸笼里的蒸气一样，蒸得人头昏欲晕。我每年在春夏之交要发的神经衰弱的重症，遇了这样的气候，就要使我变成半狂。所以我这几天来，到了晚上，等马路上人静之后，也常常走出去散步去。一个人在马路上从狭隘的深蓝天空里看看群星，慢慢的向前行走，一边做些漫无涯涘的空想，倒是于我的身体很有利益。当这样的无可奈何，春风沉醉的晚上，我每要在各处乱走，走到天将明的时候才回家里。我这样的走倦了回去就睡，一睡直可睡到第二天的日中，有几次竟要睡到二妹下工回来的前后方才起来。睡眠一足，我的健康状态也渐渐的回复起来了。平时只能消化半磅面包的我的胃部，自从我的深夜游行的练习开始之后，进步得几乎能容纳面包一磅了。这事在经济上虽则是一大打击，但我的脑筋，受了这些滋养，似乎比从前稍能统一。我于游行回来之后，就睡之前，

却做成了几篇Allan Poe式的短篇小说，自家看看，也不很坏。我改了几次，抄了几次，一一投邮寄出之后，心里虽然起了些微细的希望，但是想想前几回的译稿的绝无消息，过了几天，也便把它们忘了。

邻住者的二妹，这几天来，当她早晨出去上工的时候，我总在那里酣睡，只有午后下工回来的时候，有几次有见面的机会。但是不晓是什么原因，我觉得她对我的态度，又回到从前初见面的时候的疑惧状态去了。有时候她深深的看我一眼，她的黑晶晶，水汪汪的眼睛里，似乎是满含着责备我规劝我的意思。

我搬到这贫民窟里住后，约摸已经有二十多天的样子。一天午后我正点上蜡烛，在那里看一本从旧书铺里买来的小说的时候，二妹却急急忙忙的走上楼来对我说："楼下有一个送信的在那里，要你拿了印子去拿信。"她对我讲这话的时候，她的疑惧我的态度更表示得明显，她好像在那里说："呵呵，你的事件是发觉了啊！"我对她这种态度，心里非常痛恨，所以就气急了一点，回答她说："我有什么信？不是我的！"

她听了我这气愤愤的回答，更好像是得了胜利似的，脸上忽涌出了一种冷笑说："你自家去看吧！你的事情，只有你自家知道的！"

同时我听见楼底下门口果真有一个邮差似的人在催着说："挂号信！"

我把信取来一看，心里就突突的跳了几跳，原来我前回寄去的一篇德文短篇的译稿，已经在某杂志上发表了，信中寄来的是五圆钱的一张汇票。我囊里正是将空的时候，有了这五圆钱，非但月底要预付的来月的房金可以无忧，并且付过房金以后，还可以维持几天食料。当时这五圆钱对我的效用的广大，是谁也不能推想得出来的。

第二天午后，我上邮局去取了钱，在太阳晒着的大街上走了一会，忽而觉得身上就淋出了许多汗来。我向我前后左右的行人一看，复向我自家的身上一看，就不知不觉的把头低俯了下去。我颈上头上的汗珠，更同盛雨似的，一颗一颗的钻出来了。因为当我在深夜游行的时候，天上并没有太阳，并且料峭的春寒，于东方微白的残夜，老在静寂的街巷中留着，所以我穿的那件破棉袍子，还觉得不十分与季节违异。如今到了阳和的春日晒着的这日中，我还不能自觉，依旧穿了这件夜游的敝袍，在大街上阔步，与前后左右的和季节同时进行的我的同类一比，我那得不自惭形秽呢？我一时竟忘了几月后不得不付的房金，忘了囊中本来将尽的些微的积聚，便慢慢的走上了闸路的估衣铺去。好久不在天日之下行走的我，看看街上来往的汽车人力车，车中坐着的华美的少年男女，和马路两边的绸缎铺金银铺窗里的丰丽的陈设，听听四面的同蜂衙似的嘈杂的人声，脚步声，车铃声，一时倒也觉得是身到了大罗天上的样子。我忘记了我自家的存在，也想和我的同胞一样的欢歌欣舞起来，我的嘴里便不知不觉的唱起几句久忘了的京调来了。这一时的涅槃幻境，当我想横越过马路，转入闸路去的时候，忽而被一阵铃声惊破了。我抬起头来一看，我的面前正冲来了一乘无轨电车，车头上站着的那肥胖的机器手，伏出了半身，怒目的大声骂我说："猪头三！侬（你）艾（眼）睛勿散（生）路！跌杀时，叫旺（黄）够（狗）抵侬（你）命噢！"我呆呆的站住了脚，目送那无轨电车尾后卷起了一道灰尘，向北过去之后，不知是从何处发出来的感情，忽而竟禁不住哈哈哈哈的笑了几声。等得四面的人注视我的时候，我才红了脸慢慢的走向了闸路里去。

我在几家估衣铺里，问了些夹衫的价钱，还了他们一个我所能出的数目，几个估衣铺的店员，好像是一个师父教出的样子，都摆下了脸面，嘲弄着说："侬（你）寻萨咯（什么）凯（开）心！马（买）勿起好勿要马（买）咯！"

一直问到五马路边上的一家小铺子里，我看看夹衫是怎么也买

不成了，才买定了一件竹布单衫，马上就把它换上。手里拿了一包换下的棉袍子，默默的走回家来。一边我心里却在打算：

"横竖是不够用了，我索性来痛快的用它一下吧。"同时我又想走了那天二妹送我的面包香蕉等物。不等第二次的回想，我就寻着了一家卖糖食的店，进去买了一块钱巧克力，香蕉糖，鸡蛋糕等杂食。站在那店里，等店员在那里替我包好来的时候，我忽而想起我有一月多不洗澡了，今天不如顺便也去洗一个澡吧。

洗好了澡，拿了一包棉袍子和一包糖食，回到邓脱路的时候，马路两旁的店家，已经上电灯了。街上来往的行人也很稀少，一阵从黄浦江上吹来的日暮的凉风，吹得我打了几个冷痉。我回到了我的房里，把蜡烛点上，向二妹的房门一照，知道她还没有回来。那时候我腹中虽则饥饿得很，但我刚买来的那包糖食怎么也不愿意打开来，因为我想等二妹回来同她一道吃。我一边拿出书来看，一边口里尽在咽唾液下去。等了许多时候，二妹终不回来，我的疲倦不知什么时候出来战胜了我，就靠在书堆上睡着了。

四

二妹回来的响动把我惊醒的时候，我见我面前的一支十二盎司一包的洋蜡烛已经点去了二寸的样子，我问她是什么时候了？她说："十点的汽管刚刚放过。"

"你何以今天回来得这样迟？"

"厂里因为销路大了，要我们做夜工。工钱是增加的，不过人太累了。"

"那你可以不去做的。"

"但是工人不够，不做是不行的。"

她讲到这里，忽而滚了两粒眼泪出来，我以为她是做工做得倦了，故而动了伤感，一边心里虽在可怜她，但一边看了她这同小孩似的脾气，却也感着了些儿快乐。把糖食包打开，请她吃了几颗之后，我就劝她说："初做夜工的时候不惯，所以觉得困倦，做惯了以后，也没有什么的。"

她默默的坐在我的半高的由书叠成的桌上，吃了几颗巧克力，对我看了几眼，好像是有话说不出来的样子。我就催她说："你有什么话说？"

她又沉默了一会，便断断续续的问我说："我……我……早想问你了，这几天晚上，你每晚在外边，可在与坏人做伙友么？"

我听了她这话，倒吃了一惊，她好像在疑我天天晚上在外面与小窃恶棍混在一块。她看我呆了不答，便以为我的行为真的被她看破了，所以就柔柔和和的连续着说："你何苦要吃这样好的东西，要穿这样好的衣服？你可知道这事情是靠不住的。万一被人家捉了去，你还有什么面目做人。过去的事情不必去说它，以后我请你改过了吧。……"

我尽是张大了眼睛，张大了嘴，呆呆的在看她，因为她的思想太奇突了，使我无从辩解起。她沉默了数秒种，又接着说："就以你吸的烟而论，每天若戒绝了不吸，岂不可省几个铜子。我早就劝你不要吸烟，尤其是不要吸那我所痛恨的N工厂的烟，你总是不听。"

她讲到了这里，又忽而落了几滴眼泪。我知道这是她为怨恨N工厂而滴的眼泪，但我的心里，怎么也不许我这样的想，我总要把它们当做因规劝我而洒的。我静静儿的想了一会，等她的神经镇静下去之后，就把昨天的那封挂号信的来由说给她听，又把今天的取钱买物的事情说了一遍，最后更将我的神经衰弱症和每晚何以必要出去散步的原因说了。她听了我这一番辩解，就信用了我，等我说完之后，她颊上忽而起了两点红晕，把眼睛低下去看着桌上，好像是怕羞似的说："噢，我错怪你了，我错怪你了。请你不要多心，我本来是没有歹意的。因为你的行为太奇怪了，所以我想到了邪路

里去。你若能好好儿的用功，岂不是很好么？你刚才说的那——叫什么的——东西，能够卖五块钱，要是每天能做一个，多么好呢？"

我看了她这种单纯的态度，心里忽而起了一种不可思议的感情，我想把两只手伸出去拥抱她一回，但是我的理性却命令我说："你莫再作孽了！你可知道你现在处的是什么境遇！你想把这纯洁的处女毒杀了么？恶魔，恶魔，你现在是没有爱人的资格的呀！"

我当那种感情起来的时候，曾把眼睛闭上了几秒钟，等听了理性的命令以后，才把眼睛开了开来，我觉得我的周围，忽而比前几秒钟更光明了。对她微微的笑了一笑，我就催她说："夜也深了，你该去睡了吧！明天你还要上工去的呢！我从今天起，就答应你把纸烟戒下来吧！"

她听了我这话，就站了起来，很喜欢的回到她的房里去睡了。

她去之后，我又换上一支洋蜡烛，静静儿的想了许多事情：

"我的劳动的结果，第一次得来的这五块钱已经用去了三块了。连我原有的一块多钱合起来，付房钱之后，只能省下二三角小洋来，如何是好呢！

"就把这破棉袍子去当吧！但是当铺里恐怕不要。"

"这女孩子真是可怜，但我现在的境遇，可是还赶她不上，她是不想做工而工作要强迫她做，我是想找一点工作，终于找不到。

"就去做筋肉的劳动吧！啊啊，但是我这一双弱腕，怕吃不下一部黄包车的重力。

"自杀！我有勇气，早就干了。现在还能想到这两个字，足证我的志气还没有完全消磨尽哩！

"哈哈哈哈！今天的那无轨电车的机器手！他骂我什么来？"

"黄狗，黄狗倒是一个好名词，……"我想了许多零乱断续的思想，终究没有一个好法子，可以救我出目下的穷状来。听见工厂的汽笛，好像在报十二点钟了，我就站了起来，换上了白天脱下的那件破棉袍子，仍复吹熄了蜡烛，走出外面去散步。

贫民窟里的人已经睡眠静了。对面日新里的一排临邓脱路的洋楼里，还有几家点着了红绿的电灯，在那里弹罢拉拉衣加。一声二声清脆的歌音，带着哀调，从静寂的深夜的冷空气里传到我的耳膜上来，这大约是俄国的飘泊的少女，在那里卖钱的歌唱。天上罩满了灰白的薄云，同腐烂的尸体似的沉沉的盖在那里。云层破处也能看得出一点两点星来，但星的近处，黝黝看得出来的天色，好像有无限的哀愁蕴藏着的样子。

1923年7月15日

郁达夫

小说精品

【第二辑】

秋　河

一

"你要杏仁粥吃么？"

一个二十三四岁的很时髦的女人背靠了窗口的桌子，远远的问他说。

"你来！你过来我对你讲。"

他躺在铜床上的薄绸被里，含了微笑，面朝着她，一点儿精神也没有的回答她说。床上的珠罗圆顶帐，大约是因为处地很高，没有蚊子的缘故，高高搭起在那里。光亮射人的这铜床的铜梗，只反映着一条薄薄的淡青绸被，被的一头，映着一个妩媚的少年的缩小图，把头搁在洁白的鸭绒枕上。东面靠墙，在床与窗口桌子之间，有一个衣橱，衣橱上的大镜子里，空空的照着一架摆在对面的红木

梳洗台，台旁有叠着的几只皮箱。前面是一个大窗，窗口摆着一张桌子，窗外楼下是花园，所以站在窗口的桌子前，一望能见远近许多红白的屋顶和青葱的树木。

那少年睡在床上，向窗外望去，只见了半弯悠悠的碧落，和一种眼虽看不见而感觉得出来的晴爽的秋气。她站在窗口的桌子前头，以这晴空作了背景，她的蓬松未束的乱发，鹅蛋形的笑脸，漆黑的瞳人，淡红绸的背心，从左右肩垂下来的肥白的两臂，和她脸上的晨起时大家都有的那一种娇倦的形容，却使那睡在床上的少年，发见了许多到现在还未曾看出过的美点。

他懒懒的躺在被里，一边含着微笑，一边尽在点头，招她过去。她对他笑了一笑，先走到梳洗台的水盆里，洗了一洗手，就走到床边上去。衣橱的镜里照出了她的底下穿着的一条白纱短脚裤，脚弯膝以下的两条柔嫩的脚肚，和一双套进在绣花拖鞋里的可爱的七八寸长的肉脚，同时并照出了自腰部以下至脚弯膝止的一段曲线很多的肉体的蠕动。

她走到了床边，就面朝着了少年，侧身坐下去。少年从被里伸出了一只嫩白清瘦的手来，把她的肩下的大臂捏住了。她见他尽在那里对她微笑，所以又问他说：

"你有什么话讲？"

他点了一点头，轻轻的说：

"你把头伏下来！"

她依着了他，就把耳朵送到他的脸上去，他从被里又伸出一只手来，把她的半裸的上体，打斜的抱住，接连的亲了几个嘴。她由他戏弄了一回，方才把身子坐起，收了笑容，又问他说：

"当真的你要不要什么吃，一夜没有睡觉，你肚里不饿的么？"

他只是微微的笑着，摇了一摇头说：

"我什么也不要吃，还早得很哩，你再来睡一忽吧！"

"已经快十点了，还说早哩！"

"你再来睡一忽吧！"

"呸！呸！"

这样的骂了一声，她就走上梳洗台前去梳理头发去了。

少年在被里看了一忽清淡的秋空，断断续续的念了几句"……七尺龙须新卷席，已凉天气未寒时。……水晶帘卷近秋河。……"诗，又看了一忽她的背影，和叉在头上的一双白臂，糊糊涂涂的问答了几声：

"怎么不叫娘姨来替你梳？"

"你这样睡在这里，叫娘姨上来倒好看呀！"

"怕什么？"

"哪里有儿子扒上娘床上来睡的？被她们看见，不要羞死人么？"

"怕什么？"

他啊啊的开了口，打了一个呵欠，伸了一伸腰，又念了一句："水晶帘下看梳头。"就昏昏沉沉的睡着了。

二

上海法界霞飞路将尽头处，有折向北去的一条小巷；从这小巷口进去三五十步，在绿色的花草树木中间，有一座清洁的三层楼的小洋房，躺在初秋晴快的午前空气里。这座洋房是K省吕督军在上海的住宅。

英明的吕督军从马弁出身，费尽了许多苦心，才弄到了现在的地位。他大约是服了老子知足之戒，也不想再升上去作总统，年年坐收了八九十万的进款，尽在享受快乐。

他的太太，本来是他当标统时候的上官协统某的寡妹，那时候他新丧正室，有人为他撮合，就结了婚；结婚没有几个月她便生下

了一个小孩，他也不晓得这小孩究竟是谁生的，因为协统家里出入的人很多，他不能指定说是何人之子。并且协统是一手提拔他起来的一个大恩人，他虽则对他的填亡正室心里不很满足，然以功名利禄为人生第一义的吕标统，也没有勇气去追搜这些丑迹，所以就猫猫虎虎把那小孩认作了儿子；其实他因为在山东当差的时候，染了恶症，虽则性欲本能尚在，生殖的能力，却早失掉了。

十几年的战乱，把中国的国脉和小百姓，糟得不成样子。但吕标统的根据，却一天一天的巩固起来；革命以后，他逐走了几个上官，就渐渐的升到了现在的地位。在他陆续收买强占的女子和许多他手下的属僚的妻妾，由他任意戏弄的妇人中间，他所最爱的，却是一个他到K省后第二年，由K省女子师范里用强迫手段娶来的一个爱妾。

当时还只十九岁的她，因为那一天，督军要到她校里来参观，她就做了全校的代表，把一幅绣画围屏，捧呈督军。吕督军本来是一个粗暴的武夫，从来没有尝过女学生的滋味，那一天见了她以后，就横空的造了些风波出来，用了威迫的手段，半买半抢的终于把她收作了笼中的驯鸟；像这样的事情在文明的目下的中国，本来也算不得什么奇事。不过这一个女学生，却有些古风，她对吕督军始终总是冷淡得很。吕督军对于女人，从来是言出必从的人，只有她时时显出些反抗冷淡的态度来，因此反而愈加激起了他的钟爱。

吕督军在霞飞路尽处的那所住宅，也是为她而买，预备她每年到上海来的时候给她使用的。

今年夏天吕督军因为军务吃紧，怕有大变，所以着人把她送到上海来住，仰求外国人的保护；他自家天天在K省接发电报，劳心国事，中国的一般国民，对他也感激得很。

他的公子，今年已经十九岁了，吕督军于二年前派了两位翻译，陪他到美国去留学。他天天和那些美国的下流妇人来往，觉得有些厌倦起来了。所以今年暑假之前，他就带了两位翻译，回到了中国。他一到上海，在码头上等他，和他同坐汽车，接他回到霞飞路的住宅里来的，就是他的两年前已经在那里痴想的那位女学生的他的名义上的娘。

三

他名义上的母亲，当他初赴美国的时候，还有些对吕督军的敌意含着，所以对他亦没有什么特别的感情。并且当时他年纪还小，时常住在他的生母跟前。她与他的中间，更不得不生疏了。

那一天船到的前日，正是六月中旬很热的一天，她在霞飞路住宅里，接到了从船上发的无线电报，说他于明日下午到上海，她的心里还平静得很。第二天午后，她正闲空得无聊，吃完了午膳，在床上躺了一忽，觉得热得厉害，就起来换了衣服，坐了汽车上码头去接他，一则可以收受些凉风，二则也可以表示些对他的好意，除此之外，她的心里，实无丝毫邪念的。

她的汽车到码头的时候，船已靠岸了，因为上下的脚夫旅客乱杂得很，所以她也不下车来。她教汽车夫从人丛中挤上船去问讯去，过了一会，汽车夫就领了两个三十左右鼻下各有一簇短胡的翻译和一位潇洒的青年绅士过来。那青年绅士走到汽车边上，对她笑了一脸，就伸手出来捏她的手，她脸上红了一红，心里突突跳个不住；但是由他的冰凉皙白的那只手里，传过来的一道魔力，却使她恍恍惚惚的迷醉了一阵。回复了自觉意识，和那两个中年人应酬了几句，她就邀他进汽车来并坐了回家，行李等件，一齐交给了那两个翻译。

回家之后，在楼下客厅里坐了一回，她看看他那一副常在微笑的形容，和柔和的声气，忽而想起了两年前的他来，心里就感着了一种莫名其妙的亲热。

她自到了吕督军那里以后，被复仇的心思所激动，接触过的

男人也不少了。但她觉得这些男人，都不过是肉做的机械。压在身上，虽觉得有些重力，坐在对面，虽时时能讲几句无聊的套语，可是那一种热烈动人的感情的电力，她却从来没有感到过。

现在她对了这一位洋服的清瘦的少年，不晓得如何，心里只是不能平静，好像有什么物事，要从头上吊下来的样子。

她和他同住在霞飞路的别宅，已经有半个多月了。有一天，吃过了晚饭，她和他坐了汽车，去乘了一回凉。在汽车里，他捏着了她的火热的手心，尽是幽幽的在诉说他在美国的生活状态。她和他身体贴着在一块，两眼只是呆呆的向着前头在暮色中沉沦下去的整洁修长的马路，马路两旁黑影沉沉的列树，和列树中微有倦意的蝉声凝视。她一边像在半睡状态里似的听着他的柔和的密语，一边她好像赤了身体，在月下的庭园里游步。

是初秋的晚上，庭园的草花，都在争最后的光荣，开满了红绿的杂花。庭园的中间有一方池水，池水中间站着一个大理石刻的人鱼，从她的脐里在那里喷出清凉的泉水来。月光洒满了这园庭，远处的树林，顶上载着银色的光华，林里烘出浓厚的黑影，寂静严肃的压在那里。喷水池的喷水，池里的微波，都反射着皎洁的月色，在那里荡漾，她脚下的绿茵和近旁的花草也披了月光，柔软无声的在受她的践踏。她只听见了些很幽很幽的喷水声音，而这淙淙的有韵律的声响又似出于一个跪在她脚旁、两手捧着她的裸了的腰腿的十八九岁的美少年之口。

她听了他的诉说，嘴唇颤动了一下，朝转头来对紧坐在她边上的他看了一眼，不知不觉就滚了两颗眼泪下来。他在黑暗的车里，看不出她的感情的流露，还是幽幽的在说。她就把手抽了一抽，俯向前去命汽车夫说：

"打回头去，我们回去吧！"

回到霞飞路的住宅，在二层楼的露台上坐定之后，她的兴奋，还是按捺不下。

时间已经晚了，外边只是沉沉的黑影。明蓝的天空里，淡映着几个摇动的明星，一阵微风吹了些楼下园里的草花香味和隔壁西洋人家的比牙琴的断响过来。他只是默默的坐在一张小椅上吸烟，有时看天空，有时也在偷看她。她也只默默的坐在藤椅上在那里凝视灰黑的空处。停了一会，他把吃剩的香烟丢往了楼下，走上她的身边，对她笑了一笑，指着天空的一条淡淡的星光说：

"那是什么？"

"那是天河！"

"七月七怕将到了吧？"

她也含了微笑，站了起来，对他浑浑的看了一眼，她就走进屋里去，一边很柔和的说：

"冰果已经凉透了，还不来吃！"

他就紧接的跟了她进去。她走到绿纱罩的电灯下的时候，站住了脚，回头来想看他一眼，说一句话的，接紧跟在她后面的他，突然因她站住了，就冲上了前，扑在她的身上，她的回转来的侧面，也正冲在他的嘴上。他就伸出了左右两手，把她紧紧的抱住了。她闭了眼睛，把身体紧靠着他，嘴上只感着了一道热味。她的身体正同入了溶化炉似的，把前后的知觉消失了的时候，他就松了一松手，拍的一响，把电灯灭黑了。

十二年旧历七月初五

原载一九二三年八月十九日《创造周报》第十五号

落　日

一

太阳就快下山去了。初秋的晴空，好象处女的眼睛，愈看愈觉得高远而澄明。立在这一处摩天的 W 公司的屋顶上，前后左右看得出来的同巴诺拉马似的上海全市的烟景，溶解在金黄色的残阳光里。若向脚底下马路上望去，可看见许多同虫蚁似的人类，车马，簇在十字路口蠕动。断断续续传过来的一阵市廛的嚣声，和微微拂上面来的凉风，不晓是什么缘故，总觉得带有使人落泪的一种哀意。

他们两个——Y 和 C——离开了嘈杂的人丛，独站在屋顶上最高的一层，在那里细尝这初秋日暮的悲凉情味。因为这一层上没有什么娱乐的设备，所以游人很少，有时虽有几个男女，从下层走上他们的身边来，然而看看他们是不易移动的样子，就对他们丢一眼奇异的眼光，走开去了，他们却落得清闲自在。

他们两人站在那里听从下一层的游戏场里传过来的煞尾的中国乐器声，和听众的哄笑声，更使他们觉得落寞难堪。半年来因失业的结果，为贫病所迫，脸面上时常带着愁容的Y，当这初秋的日暮，站在这样的高处，呆呆的向四边的烟景望着，早已起了身世之悲，眼睛里包着一泓清泪，有话说不出来了。站在Y的右边的那少年C，因为暑假期满，几点钟后不得不离上海，乘海船赴N地的中学校去念书，桃红的双颊，受着微风，晶润的眼睛，望着远处，胸中也觉得有无限的悲哀，在那里振荡。

他们默默地立了一会，C忽而走近来捏了Y的手说：

"我们下去罢，若再站一忽，我觉得好象脑子要破裂的样子。"

Y朝转来向C一看，看见C的一双水盈盈的眼睛，含了哀恳的表情，在那里看他。他忽然觉得C脸上表现出来的那一种少年的悲哀，无限的可爱，向C的脸上摸了一摸，便把C的身体紧紧的抱住了。

二

C的哥哥，与Y是上下年纪。他（C的哥哥）去年夏天将上美国去的时候，Y正从日本回来。那时候C和他哥哥的居所，去Y的寓舍，不过几步路，所以Y和C及C的哥哥，时常往来。C自从见了Y以后，不知不觉的受了许多Y的感化。后来他哥哥上了赴美国的船，他也考入了N地的C中学，要和Y分别的时候，却独自一个洒了许多眼泪。Y以为他是小孩子脾气，在怕孤寂，所以临别的时候，说了许多安慰他的话。C听了Y的叮嘱，反而更觉得伤痛了，竟拉了Y的衣裳，大哭了一场，方才分开。

C去N地后，Y也上A地去教了半年书。去年年底，Y因被一个想谋校长做的同事嫉妒不过，便辞了职，到上海来闲住。他住在上海，一直到今年暑假，终找不着适当的职业。

这一回Y住的是上海贫民窟的一间同鼠穴似的屋顶房间。有一天夏天的早晨他正躺在床上在那里打算"今天的一天怎么过去？"的大问题的时候，C忽而闯进了他的房来。Y好象当急处遇了救一样，急忙起来穿了破旧的衣服，和C跑来跑去跑了一天，原来C是放暑假回来了。

三

"无聊的白昼，应该如何的消磨？"对于现在无职业的Y，这却是一个天大的问题。当去年年底，他初来上海的时候，他的从A地收来的薪金，还没有用尽，所以他只是出了金钱来慰他的无聊。一天到晚，在头等电车上，面上装了好象很忙的样子，实际上却一点事情也没有。他尽伏在电车头上的玻璃窗里随电车跑来跑去的跑，在那里看如流水似的往后退去的两旁的街市。有时候看街市看得厌烦了，他就把目光转到同座的西洋女子或中国女子的腰上，肩上，胸部，后部，脚肚，脚尖上去。过了几天，他觉得几个电车上的卖票者和查票者，都记熟了他的面貌；他上车时，他们老对他放奇异的眼光，因此他就不敢再坐电车了，改坐了人力车。实际上那些查票卖票者，何尝认得他，不过他的病的神经起了作用，在那里自家惊恐而已。后来他坐了几天人力车，有几次无缘无故的跑上火车站上去，好象是去送人的样子。有时在半夜里他每雇了人力车跑上黄浦滩的各轮船公司的码头上，走上灯火辉煌，旅人嘈杂的将离岸的船上去。又过了几天，他的过敏的神经，怕人力车夫也认得他了，所以他率性不坐车子，慢慢的步行起来。他在心里，替他自己的行动取了几个好名称，前者叫做走马看花，后者叫做徒步旅行。

徒步旅行，以旅行的地段作标准时，可分作市内旅行，郊外旅行的两种。以旅行时的状态作标准时，可分作无事忙行，吃食旅行的两种。无事忙行便是一点事情也没有，为欺骗路上同行者的缘故，故意装出一种好象很忙的样子来的旅行。吃食旅行，便是当晚上大家睡尽之后的街上，或当白天在僻静的地方，袋里藏些牛奶糖，花生糖，橘子之类，一边吃一边缓步的旅行。

时间一天一天的过去，他的床头的金钱渐渐的少了下去，身边值钱的物事也一件一件的不见了。于是他的徒步旅行，也改变了时间和地点。白天热闹的马路两旁的样子间，他不敢再去一间一间的看了，因为正当他在看的一瞬间，心里若感得有一个人的眼光在疑他作小盗窃贼，或看破他是一点儿事情也没有的时候，他总要挺了胸肚，进到店里去买些物事提在手里，才能放心，所以没钱的时候，去看样子间是很危险的。有一次他在马路上走来走去的走了几回，一个香烟店里的伙友，偶然对他看了一眼，他就跑进了那家店里，去买了许多他本来不爱吸的雪茄烟卷。从 A 地回到上海，过了两个月之后，他的钱已用完，因而他的徒步旅行，白天就在僻静的地方举行，晚上必等大家睡静的时候，方敢上马路上去。

半年以来，他的消磨时间的方法，已经一个一个的试完了，所以到了今年夏天，身边的金钱杂器已经用尽，他每天早晨醒来，胸中打算最苦的，就是"今天的一天，如何消磨过去？"的问题。

四

那一天早晨，他正躺在床上在打算的时候，年轻的 C 忽而闯进了他的房里，他觉得非常快乐，因为久别重逢的 C 一来，非但那一天的时间可以混过去，就是有许多朋友的消息，也可以从 C 口里探听出来。他自到上海以后，便同失踪的人一样，他的朋友也不知他住在什么地方，他自己也懒得写信，所以"C 的哥哥近来怎么样了？在N地的C中学里的他的几个同学和同乡怎么样了？"的这些消息，都是他很想知道而无从知道的事情。当他去典卖一点值钱的物事，得到几个钱的时候，他便忙着去试他的"走马看花"和"徒步旅行"，没有工夫想到这些朋友故旧的身上去。当钱用完后，他虽想着这些个个在拼命奋斗的朋友，但因为没有钱买信纸信封和邮票的缘故，也只能凭空想想，而不能写信。他现在看见了C，一边起来穿衣，一边就"某某怎么样了？某某怎么样了？"的问个不住。他穿完了衣服，C就急着催他出去，因为他的那间火柴箱式的房间里，没有椅子可以坐，四边壁上只叠着许多卖不出去的西洋书籍，房间里充塞了一房的由旧书里蒸发出来的腐臭气，使人难耐。

这一天是六月初旬的一天晴热的日子，瘦弱的Y，和C走上马路的时候，见了白热的阳光，忽而眼睛眩晕了起来，就跌倒在地上。C慢慢的扶他起来，等他回复了常态，仍复向前进行的时候，就问他说：

"你何以会衰弱到这个地步？"

Y在嘴唇上露了一痕微笑，只是摇头不答。C从他那间房子里的情形和他的同髑髅似的面貌上看来，早已晓得他是营养不良了，但又恐惹起他的悲感，不好直说。所以两人走了一段，走到三叉路口的时候，C就起了一个心愿，想请Y饱吃一次，因即站住了脚，对他说：

"Y君，我刚从学校里回来，家里寄给我的旅费，还没有用完，今天我请你去吃饭，吃完饭之后，请你去听戏，我们来大大的享乐它一下罢！"

Y对C呆看了一会，青黄的脸上，忽而起了一层红晕。因为他平常有钱的时候，最爱瞎花，对于他所爱的朋友，尤其是喜欢使他们快乐。现在他黄金用尽，倒反而不得不受这一个小朋友的供养了，而且这小朋友的家里也是不甚丰厚，手头的钱也是不甚多的。他迟疑了一会，要想答应，终于不忍，呆呆的立了三四分钟，他才很决绝的说：

"好好，让我们享乐一天罢！但是我还有一件衣服要送还朋友，忘记在家里，请你在这里等我一等，我去拿了来。"

五

Y把C剩在三岔路口的步道树荫下，自己便急急的赶回到房间里，把他家里新近寄来的三件夏衣，拿上附近的一家他常进出的店里去抵押了几块钱，仍复跑回到C立着的地方来。他脸上流出了一脸的油汗，一边急急的喘气，一边对C说：

"对不起，对不起，累你等了这么长久。"

Y和C先坐电车到P园去逛了几点钟，就上园里的酒楼吃了两瓶啤酒，一瓶汽水，和几碗菜饭。Y吃了个醉饱，立时恢复了他的元气，讲了许多牢骚不平的话，给正同新开眼的鸡雏一样、不知道世间社会究竟如何的C听。C虽听不懂Y的话，但看看Y的一时青一时红的愤激的脸色，红润的双眼，和故意装出来的反抗的高笑，也便沉郁了下去。Y发完了牢骚，一个人走上窗口去立了一忽，不声不响的用手向他的眼睛上揩了一揩，便默默的对窗外的阳光，被阳光晒着的花木，和远远在那里反射日光的屋瓦江流，起了一种咒诅的念头。一瞬间后，吹来了几阵凉风，他的这种咒诅的心情也没有了，他的心境就完全成了虚白。又过了几分钟，他回复了自觉，回复了他平时的态度。他觉得兴奋已经过去了，就回到他的座上来。C还是瞪着了盈盈的两眼，俯了首呆在那里，Y一见C的这种少年的沉郁的样子，心里倒觉得难过起来，便很柔和的叫他说：

"C！你为什么这样的呆在这里？我错了，我不该对你讲那些无聊的话的，我们下楼去吧！去看戏吧！"

Y付了酒饭钱，走下楼来，却好园外来了一乘电车，他们就赶上K舞台去听戏去。

六

这一天是礼拜六，戏园里人挤得很，Y和C不得已只能买了两张最贵的票子，从人丛中挨上前去。日戏开场已久，Y和C在座上坐定之后，向四围一看，前后左右，都是些穿着轻软的衣服的贵公子和富家的妻女。Y心里顿时起了一种被威胁的恐惧，好象是闯入了不该来的地方的样子。慢慢把神经按捺了下去，向舞台注视了几分钟。Y只觉得一种枯寂的感情，连续的逼上心来：

"啊啊！在这茫茫的人海中间，哪一个人是我的知已？哪一个人是我的保护者？我的左右前后，虽有这许多年青的男女坐着，但他们都是和我没有关系的，我只觉得置身在浩荡的沙漠里！"

舞台上嘹亮的琴弦响了，铜锣大鼓的噪音，一时平静了下去。他集中了注意力向舞台上一看，只见刘璋站在孤城上发浩叹，他唱完了一声哀婉的尾声便把袖子举向眼睛上揩去，Y不知不觉地也无声的滚下了两粒眼泪来。听完了《取成都》，Y觉得四面空气压迫得厉害，听戏非但不能使他心绪开畅，愈听反愈增加了他的伤感，所以他就促C跑出戏园来。万事都很柔顺的C，与一般少年不同，对戏剧也无特别的恋念，便也跟了Y走出来了。

这一天晚上，他们逛逛吃吃，到深夜一点钟的时候，才分开了手，C回到他的朋友那里去宿，Y一个人慢慢的摸到他那间同鸟笼似的房里去。

七

C的故乡是在黄浦江的东岸，他自从那一晚上和Y别后，第二天就回故乡去住了两个月。在这两个月中间，Y因为身体不好，他的徒步旅程，一天一天的短缩起来，并且旅行的时间，也大抵限于深夜二点钟以后了。

昨天的早晨，C一早就跑上Y的室里来说：

"你还睡着么？你睡罢！暑假期满了，我今天自故乡来，打算明天上船到N地去。"

Y糊糊涂涂的和C问答了几句，便又睡着，直到第二次醒来的时候，Y方认清C坐在他的床沿上，在那里守着他睡觉。Y张开眼来一看，看见了C的笑容，心里就立刻起了一种感谢和爱欲的心思。在床上坐起，向C的肩上拍了几下，他就同见了亲人一样，觉得一种热意，怎么也不能对C表现出来。

Y自去年年底失业以来，与他的朋友，虽则渐渐的疏远了，但他的心里，却在希望有几个朋友来慰他的孤寂的。后来经几次接触的结果，他才晓得与社会上稍微成功一点的朋友相处，这朋友对他总有些防备的样子，同时他不得不感到一种反感；其次与途穷失业的朋友相处，则这朋友的悲感和他自家的悲感，老要融合在一起，反使他们各人各感到加倍的悲哀。因此他索性退守在愁城的一隅，不复想与外界相往来了。与这一种难以慰抚的寂寞心境最适宜的是这一个还带着几分孩童气味的C。C对他既没有戒严的备心，又没有那一种与他共通的落魄的悲怀，所以Y与C相处的时候，只觉得是在别一个世界里。并且C这小孩也有一种怪脾气，对Y直如驯犬一样，每有恋恋不忍舍去的样子。

昨天早晨Y起来穿衣洗面之后，便又同C出去上吴淞海岸去逛了一天。午后回到上海来，更在游戏场里消磨了半夜光阴，后来在歧路上将分手的时候，C又约Y说：

"我明天一早再来看你罢！"

八

太阳离西方的地平线没有几尺了。从W公司屋顶上看下来的上海全市的烟景，又变了颜色。各处起了一阵淡紫的烟霞，织成了轻

罗，把这秽浊的都市遮盖得缥缈可爱。在屋顶上最后的残阳光里站着的Y和C，还是各怀着了不同的悲感，在那里凝望远处。高空落下了微风，吹透了他们的稀薄的单衫，刺入他们的心里去。

"啊啊！已经是秋天了！"

他们两人同时感得了这一种感觉。又默默立了一会，C看看那大轮的赤日，敛了光辉，正将落入地下去的时候，忽而将身子投靠在Y的怀里，紧紧的把Y的手捏住，并且发着颤动幽戚的声音说：

"我……我这一次去后，不晓得什么时候再能和你同游！你……你年假时候，还在上海么？"

Y静默了几秒钟，方拖着了沉重的尾声，同轻轻敲打以布蒙着的大鼓似的说：

"我身体不好，你再来上海的时候，又哪里知道我还健在不健在呢？"

"这样我今天不走了，再和你玩一天去。"

"再玩十天也是一样，旧书上有一句话你晓得么？叫'世间哪有不散的筵席'，我们人类对于运命的定数，终究是抵抗不过的呀！"

C的双眼忽而红润起来了，他把头抵在Y的怀里，索性同不听话的顽皮孩子似的连声叫着说：

"我不去了，我不去了，我怎么也不去了，……"

Y轻轻抚摸着他的肩背，也发了颤声安慰他说：

"你上船去罢！今天不是已经和我多玩了几个钟头了么？要是没有那些货装，午后三点钟，你的船早已开走了。……我们下去罢！吃一点点心，我好送你上船，现在已经快七点半了。"

C还硬是不肯下去，Y说了许多劝勉他的话，他们才慢慢的走下了W公司屋顶的最高层。

黄昏的黑影，已经从角头角脑爬了出来，他们两人慢慢的走下扶梯之后，这一层屋顶上只弥漫着一片寂静。天风落处，吹起了一阵细碎的灰尘。屋顶下的市廛的杂噪声，被风搬到这样的高处，也带起幽咽的色调来，在杳无人影的屋顶上盘旋。太阳的余辉，也完全消失了，灰暗的空气里，只有几排电灯在那里照耀空处，这正是白天与暗夜交界的时候。

一九二三年九月十日上海

原载一九二三年九月十六日《创造周报》第十九号

寒　宵

没有法子，只好教她先回去一步，再过半个钟头，答应她一定仍复上她那里去。

酒也喝得差不多了。左右几间屋子里的客人，早已散去，伙计们把灰黄的电灯都灭黑了。火炉里的红煤也已经七零八落，炉门下的一块透明的小门，本来是烧得红红的，渐渐的带起白色来了。

几天来连夜的不眠，和成日的喝酒，弄得头脑总是昏昏的。和逸生讲话讲得起劲，又兼她老在边上揾着，所以熬得好久，连小解都不曾出去解。

好容易说服了她答应了她半点钟后必去的条件，把她送出门来的时候，因为迎吸了一阵冷风，忽而打了一个寒痉。房门开后，从屋内射出来的红色的电灯光里，看出了许多飞舞的雪片。

"啊！又下雪了，下雪了我可不能来吓！"

一半是说笑：一半真想回家去看看，这一礼拜内有没有重要信

067

札。

"恩哼！那可不成，那我就不走了。"

把斗篷张开，围抱住我的身体，冰凉地，光腻地，香嫩地贴上来的，是她的脸，柔和的软薄的呼吸和嘴唇，紧紧的贴了我一贴。

"酒气！怪难受的！"

假装似怒的又对我瞧了一眼。第二次又要贴上来的时候，屋内的逸生，却叫了起来：

"不行不行，柳卿！在院子里干这玩意儿！罚十块钱！"

"偏要干，偏要……"

嘴唇又贴上来了，嗤的笑了一声。

和她包在一个斗篷中间，从微滑灰黑的院子里，慢慢走到中门口，掌柜的叫了一声"打车"，我才骇了一跳，滚出她的斗篷来，又迎吸了一阵冷风，打了一个寒痉。

她回转头来重说了一遍："半点钟之后，别忘了！"便自顾自的去了。

忍着寒冷走了几步，在墙角黑暗的地方完了小解，走回来的时候，脸上又打来了许多冰凉的雪片。仰起头来看看天空，只是浑茫黝黑，看不出什么东西来。把头放低了一点，才看见了一排冷淡的，模糊的，和出气的啤酒似的屋瓦。

进屋子里来一看，逸生已经在炕上躺下了。背后房门开响，伙计拿了一块热手巾和一张帐来。

"你忙什么？想睡了么！再拿一盒烟来！"

伙计的心里虽然不舒服，但因是熟客，也无可如何的样子，笑了一脸，答应了一个是，就跑了出去。

在逸生对面的炕上，不知躺了几久，伙计才摇我醒来，嗳嗳地说：

"外面雪大得很，别着凉啦，我给你打电话到飞龙去叫汽车去罢？"

“好。”

叫醒了逸生，擦了一擦手脸，吸了一枝烟，等汽车来的时候，两个人的倦颓，还没有恢复，都不愿意说话。

忽而沉寂的空气里有勃勃的响声听见了，穿上外套和逸生走出房门来，见院子里已经湿滑得不堪；脸上又打来了几片雪片。

“这样下雪，怕明天又走不成了。”

我自家也觉得说话的声气有点奇怪，好象蒙上了一层布，在那里敲打的皮鼓。

大街两旁的店家都已经关上门睡了。路上只听见自家的汽车轮子，杀杀冲破泥浆的声音。身体尽在上下颠簸。来往遇见的车子行人也很少。汽车篷下的一盏电灯，好象破了，车座里黑得很。车头两条灯光的线里照出来的雪片，很远很远，象梦里似的看得出来。

蒲蒲的叫了几声，车头的灯光投射在一道白墙壁上，车转弯了，将到逸生家的门口的时候，我心里忽然的激动了起来。好象有一锅沸水，直从肚子里冲上来的样子，两只眼睛也觉得有点热。

“逸生！你别回去吧！我们还是回韩家潭去！上柳卿房里去谈它一宵！”

我破了沉默，从车座里举起上半身来，一边这样的央告逸生，一边在打着前面的玻璃窗，命汽车夫开向韩家潭去。

十四年五月十七日武昌

原载一九二六年三月十六日《创造月刊》第一卷第一期

街 灯

　　离开北京，是去年四月底边。那时候的心里的绞榨，曾在一封信里写过，读这篇东西的人，大约总知道得很清。当时的决心，"教书的地位，当然是丢掉，就是老婆儿子，也不能管，最后丢旧书，又最后也可以丢生命。"

　　那时候，朋友爱牟远在日本，芳坞想去南方，"若前后接得上，就赶往上海去喝它几天酒，什么它妈的，都破它一个坏，弄得好便好，不好也不要紧，九九八十一，总该把我自家的颜色来辨一辨清，做人不是做梦。"

　　这前后，同幽灵似的附在我的身边，深更夜半，上德胜门里北衙门桥上买几瓶啤酒来喝，喝干之后，再往什刹后海的南岸北岸，乱跑乱跳乱叫，或白天去天坛坐一天，将晚四五点钟，上馆子小喝，进戏院听到一两点钟，出来再喝再讲话再走到天明的是四川的陈逸生。

正在这时候，银弟取名柳卿，上捐在百顺胡同的长乐接客了。

我并不说她美，也不说她有什么可爱，总之前年初到北京的时候，穷极苦极，无聊无赖之际，善心的一位朋友——这朋友姓钱，当然也很可怜——想救我登岸，带我常去的，是西大森里，银弟在那里当"度嫁"的春浓处。

沧海曾经过来的，看这些东西，自然只觉得无聊，又加以当时袋里没有钱，身体萎萎缩缩，几个半红半黑的小窑子，她们不来睬我，我也犯不着睬她们，算什么一回事。去去就去去，揩揩油，坐坐，光着眼看看，也好。一个月不去，不去就不去，在家里坐着，烧烧烟卷，买一点白干喝喝，也好。

以这样的态度，上春浓处去了四五趟，中间来和我攀谈，我也和她随便说些不相干的废话，有时候或许抱一抱，捏一把的，是"度嫁"的银弟。

有一次，只那么一次，晚饭时多喝了几杯酒，在春浓处坐了半点钟，临走，大家——那一天去的有三四个人——都抢着用暴力和银弟亲了嘴，该轮到我的时候，我对她笑了笑，轻轻用江南话问她"好不好？"她只微笑着摇摇头。后来她送我们出房门，到廊下，偶尔经过了一间黑的空房，我踱进去，拉着她，又轻轻的问她前一句话，她很正式的把嘴举了起来，——只有这一点关系。

出京之后，上海和芳坞玩了两天，回家，打了小孩，和女人起了一点冲突，再出来，到北京，过了暑假，又教书。中间因为钱没有，处处受气，苦得了不得，谨慎守戒，一直到了凉秋的九月。

有一天晚上，很觉得难过，在长街上跑了一回，就上前门外微雪夜香斋去喝酒。一个人坐着，卓卓的喝，喝到午前一点多钟，才付钱出来。走下台阶，正想雇车，即零零零，东边来了一乘包车，坐着一个窑子。举起眼睛来看，觉得有点面熟，洋车接近一步，再看一眼，就想起了是银弟，心里觉得稍微有点奇怪。

又过了几天，不晓得哪里的钱，皮包里满的很。有一天被朋友邀去吃晚饭，席上遇见了那位善心的钱君，他偶尔提起了银弟的改名柳卿上捐的话。那时候，心里很动，不过不晓为什么，那一天晚上终究没有去。

又过了几天，也在被邀的酒后。一个人踱出饭馆来，忽而想起了她。可是班子的名字，和她上捐的名字，全都忘了。想回来，雇车雇不成，上西车站去又喝了几杯酒，打了一个电话到春浓处一问，出来就跑上韩家潭蘼香馆去点名。

见了，捉住了她的手，就在见客的堂上问她，"你认识我么？"她微笑着，用北京口音，半惊半疑的回答我：

"熟得很，可是名字忘了！"

那一天晚上很冷。上她房里火炉旁坐下，说到第三句话，她就想起了春浓处，想起了那晚上举起来的嘴突然的一扑，跳在我的怀里，两手捧了我的脸乱咬起来。

底下都是她说的话——她是苏州人，但操的北京话很好听，所以后来除睡的时候，两人用江南话外，平常我要她说京话。

"老钱近来怎么样了？前天素文上这儿来，说他好久没有去了。你还记得素文么？春浓处的……一年多不见了吧？你怎么不早来找我？……我今年四月就上捐了。先在长乐，开销大得很，前月底才换过来。你怎么知道的呀？……是素文教你的吧？……"说到这里，她娘进来了。她很自然的替我和她娘介绍，我觉得她的娘也不很讨人嫌。

"你这一年躲在什么地方？……刚从上海来？……骗！……请你写一封信，可以么？……"我就替她写信，是她的娘出名，寄给她的外祖父的。信的内容很简单：

"近来买卖不好，不能寄钱给你老人家。四月里，我包的那个人——名叫翠喜——逃了，没有方法，只好教你外孙女去上捐。等到明年正月，若买卖好一点起来，再寄钱给你。"

从蘼香馆出来，回家走过西车站，看钟已经是午前二点。这时

候天上的寒星，都好象是在摇动，北风吹上面来，也不觉得冷，因为替她写好信，银弟又烫了一壶酒给我。大街上走的人很少，只见了一点不大明亮的灯光，和几阵北风刮起来的灰土。

十四年五月十九武昌

原载一九二六年三月十六日《创造月刊》第一卷第一期

烟　影

一

　　每天想回去，想回去，但一则因为咳血咳得厉害，怕一动就要发生意外，二则因为几个稿费总不敷分配的原因，终于在上海的一间破落人家的前楼里住下了的文朴，这一天午后，又无情无绪地在秋阳和暖，灰土低翔的康脑脱马路上试他的孤独的慢步。

　　以节季而论，这时候晚秋早已过去，闰年的十月，若在北方，早该是冰冻天寒，朔风狂雪在横施暴力的时候，而这江南一廓，却依旧是秋光澄媚，日暖风和，就是道旁的两排阿葛西亚，树叶也还没有脱尽。四面空地里的杂草，也不过颜色有点桔黄，别致的人家的篱落，还有几处青色，在那里迎送斜阳哩！

　　然而时间的痕迹，终于看得出来，道路两旁的别墅前头的白杨绿竹，渐离尘市，渐渐增加起来的隙地上的衰草斜阳；和路上来往的几个行人身上的服饰，无一点不在表现残秋的凋落。文朴慢慢地向西走去。转了几个弯，看看两旁新筑的别庄式的洋房渐渐稀少起来了，就想回转脚步，寻出原来的路来，走回家去。

回头转来，从一条窄狭的，两边有一丈来高的竹篱夹住的小路穿过，又走上一条斜通东西的大道上的时候，前面远远的忽而飞来了一乘蛋白色的新式小汽车。文朴拿出手帕来掩住口鼻，把身子打侧，稳稳的站在路旁，想让汽车过去。但是出乎他意料之外，那乘汽车，突然的在离他五六尺路的地方停住了。同时从车座上"噢，老文，你在这里干什么？"的叫了一声，文朴平时走路——尤其是在田野里散步——的时候，总和梦游病者一样，眼睛凝视着前面的空处，注意力全部内向，被吸收在漫无联络的空想中间；视野里非有印象特别深刻的对象，譬如很美丽的自然风景，极雅致的建筑或十分娇艳的异性之类，断不能唤醒他的幻梦的，所以这一回忽而听到了汽车里的呼声，文朴倒吃了一惊，把他半日来的一条思索的线路打断了。

"噢，你也在上海么？几时出京的？"

文朴的清瘦的面上同时现出了惊异和欣喜的神情，含了一脸枯寂的微笑，急遽地问了一声；问后他马上抢上前去伸出手来去捏他朋友的一支套着皮手套的右手。

"你怎么也到上海来了呢！听说你在××，几时到这里的？现在住在什么地方？"

文朴被他朋友一问，倒被问得脸上有点红热起来了。因为他这一次在××大学教书，系受了两三个被人收买了的学生的攻击，同逃也似的跑到上海来的。到上海之后，他本来想马上回北京去，但事不凑巧，年年不息的内战，又在津、浦沿线勃发了。奸淫掳掠，放火杀人，在在皆是，那些匪不像匪，兵不像兵的东西，恶毒成性，决不肯放一个老百姓平安地行旅过路的。况平日里讲话不谨慎的文朴，若冒了锋镝，往北进行，那这时候恐难免不为乱兵所杀戮。本来生死的问题，由文朴眼里看来，原也算不得一回什么了不得的大事。但一样的死，他却希望死在一个美人的怀里，或者也应该于月白风清的中夜，死在波光容与的海上。被这些比禽兽还不如的中国军人来砍杀，他以为还不如被一条毒蛇来咬死的时候，更光荣些。因此被他的在上海的几位穷朋友一劝，他也就猫猫虎虎的住下了。现在受了他半年余不见的老友的这一问，提醒了他目下的进退两难的境况，且使他回想起了一个月前头，几个凶恶的学生赶他的情形，他心里又觉得害羞，又觉到难过，所以只是默默的笑着，不回答一句话。他的朋友，知道他的脾气，所以也不等他的回话。就匆促地继续问他说：

"你近来身体怎么样？怎么半年多一点不见，就瘦得这一个样儿？我看你的背脊也有点驼了。喂，老文，两三年前的你的闹酒的元气，上哪里去了？"

文朴听了他老友的这一番责备不像责备，慰问不像慰问的说话，心里愈是难过，喉舌愈觉得干硬了。举起了一双潮润的眼睛，呆看着他朋友的很壮健的脸色，他只好仍旧维持着他那一脸悲凉的微笑，默默地不作一声。他的朋友，把车门开了，让他进去同坐，他只是摇摇头，不肯进去。到后来他的朋友没有办法，就只好把车搁在道旁跳下来和他走了一段，作了些怀旧之谈，渐渐地引他谈到他现在的经济状况上去。文朴起初还不肯说，经他朋友屡次三番的盘诘，他才把"现在一时横竖不能北上，但很想乘此机会回浙江的故里去休养休养；可是他的经济状况，又不许可"的话说了。他的朋友还没有把这一段话听完之先，就很不经意地从裤子袋里摸出了一个烟盒子来献给他看：

"你看这盒子怎么样？"

一边说着，一边他就开了盒子，拿了一枝香烟出来。随即把盒子盖上，递给文朴之后，他又从另外的裤脚袋里摸出一个石油火盒

来点火吸烟。文朴看了这银质镶金的烟盒，心里倒也很觉得可爱，但从吐血的那一天起，因为怕咳，不十分吸烟，所以空空把盒子玩了一回，并不开起盖子拿烟来吸，又把这盒子交还了他的朋友，他朋友对他笑了一笑，向天喷了一口青烟，轻轻地对他说：

"这烟盒你该认得吧？是密斯李送我的。现在她已经嫁了，我留在这里，倒反加添我的懊恼，请你为我保留几天，等下次见面的时候，你再还我，或者简直永久地请你保管过去也好。"

文朴手里拿了烟盒，和他朋友一边谈话，一边走回汽车停着的地方去。他的朋友因为午后有一位外国小姐招他去吃茶，所以于这时候一个人坐汽车出来的，外国小姐的住宅，去此地也不远了。到了汽车旁边，他朋友又强要文朴和他一块儿去，文朴执意不肯，他的朋友也就上车向前开了。开了两步他朋友又止住了车，回头来叫文朴说：

"烟盒的夹层里，还有几张票子在那里，请你先用——"

话还没有说完，他的汽车却突突的向前飞奔开走了。文朴呆呆的向西站住了脚，只见夕阳影里起了一层透明灰白的飞尘，汽车的响声渐渐地幽了下去，汽车的影子也渐渐地小下去了。

二

文朴的朋友，本来是英国伦敦大学的毕业生，回国以后，就在北京××银行当会计主任。朋友的父亲，也是民国以来，许多总长中间的一个。在北京的时候，文朴常和他上胡同里去玩，因此二人的交情，一时也很亲密。不过文朴自出京上××城以来，半年多和他还没有通过一封信，这一次忽漫相逢，在夕阳蓁晚的途中，又在人事常迁的上海，照理文朴应该是十分的喜悦，至少也应该和他在这十里洋场里大大喝大闹的玩几天的，但是既贫且病的文朴，目下实在没有这样的兴致了。

　　文朴慢慢地走近寓所的时候，短促的冬日，已将坠下山去了，西边的天上，散满了红霞。他寓所附近的街巷里，也满挤着了些从学校里回家的小孩和许多从××书局里散出来的卖知识的工人。天空中起了寒风，从他的脚下，吹起了些泊拉丹奴斯的败叶和几阵灰土来，文朴的心里，不知不觉的感着了一种日暮的悲哀，就在街上的寒风里站住了。过了一会，看见对面油酒店里上了电灯，他也就轻轻地摸上他租在那里的那间前楼来，想倒在床上，安息一下，可是四面散放在那里的许多破旧的书籍，和远处不知从何处飞来的一阵嘈杂的市声，使他不住地回忆到少年时候的他故里的景象上去。把怀中的铁表拿出来一看，去六点钟尚有二刻多钟，又丁无意之中，把他朋友留给他的银盒打开看时，夹层里，果然有五十余元的纸币插在里头。他的平稳的脑里忽而波动起来了。不待第二次的思索，他就从床上站了起来，换了几件衣服，匆促下楼，一雇车就跑上沪宁火车站去赶乘杭州的夜快车去。

三

　　在刻版的时间里夜快车到了杭州，又照刻版的样子下了客店，第二天的傍午，文朴的清影，便在倒溯钱塘江而上的小汽船上逍遥了。

　　富春江的山水，实在是天下无双的妙景。要是中国人能够稍为有点气魄，不是年年争赃互杀，那么恐怕瑞士一国的买卖，要被这杭州一带的居民夺尽。大家只知道西湖的风景好，殊不知去杭州几十里，逆流而上的钱塘江富春江上的风光，才是天下的绝景哩！严子陵的所以不出来做官的原因，一半虽因为他的夫人比阴丽华还要美些，然而一大半也许因为这富春江的山水，够使他看不起富贵神仙的缘故。

　　一江秋水，依旧是澄蓝澈底。两岸的秋山，依旧在袅娜迎人。

苍江几曲，就有几簇苇丛，几弯村落，在那里点缀。你坐在轮船舱里，只须抬一抬头，劈面就有江岸乌桕树的红叶和去天不远的青山向你招呼。

到上海之后，吐血吐了一个多月，豪气消磨殆尽，连伸一个懒腰都怕背脊骨脱损的文朴，忽而身入了这个比图画还优美的境地，也觉得胸前有点生气回复转来了。

他斜靠着栏杆，举头看看静肃的长空，又放眼看看四面山上的浓淡的折痕，更向清清的江水里，吐了几口带血的浓痰，就觉得当年初从外国回来的时候的兴致，又勃然发作了。但是这一种童心的来复，也不过是暂时的现象，到了船将要近他的故里的时候，他的心境，又忽而灰颓了起来。他想起了几百年来的传习紧围着的他的家庭，想起了年老好管闲事的他的母亲，想起了乡亲的种种麻烦的纠葛，就不觉打了几个寒噤，把头接连向左右摇了好几次。小汽船停了几处，　江上的风景，也换了几回，他的在远地的时候，总日夜在思念，而身体一到，就要使他生出恐怖和厌恶出来的故乡近在目前了。汽笛叫了一声，转过山嘴，就看得见许多纵横错落紧叠着的黑瓦白墙的房屋，沿江岸围聚在那里。计算起来，这城里大约也有三四千家人家的光景。靠江岸一带，样子和二三十年前一样。无论那一块石头，那一间小屋，文朴都还认得。虽则是正午已过，然而这小县城里，仿佛也有几家迟起的人家，有几处午饭的炊烟，还在晴空里缭绕。

文朴脸上，仍复是含了悲凉的微笑，在慢慢的跟着了下船的许多人，走上码头，走回家去。文朴的家，本来就离船码头不远，他走到了家，从后门开了进去，只有他的一位被旧式婚姻所害，和他的哥哥永不同居的嫂嫂，坐在厨房前的偏旁起坐室里做针线。

"呵，三叔，你回来了么？"

她见了文朴，就这样带着惊喜的叫了起来。文朴对她只是笑笑，略点了一点头，轻咳了几声，他才开始问嫂嫂说："我娘呢？"

"上新屋去监工去了。"她一边答应，一边就站起来，往厨下去烧茶和点心去。文朴坐着的这间起坐室，本来就在厨房前头，只隔了一道有门的薄板壁，所以他嫂嫂虽在起火烧茶，同时也可和文朴接谈。文朴从嫂嫂的口中，听得了许多家里的新造房屋等近事，一边也将他自己这几个月的生活，和病状慢慢的报告了出来。

"北京的三婶好么？"

这系指去年刚搬出去住在北京的文朴的女人说的，她们妯娌两个，从去年不见以后，相隔也差不多有一年了。文朴听了他嫂嫂的这一问，忽而惊需了一下。因为他自从ＸＸ大学被逐，逃到上海之后，足有两个多月，还没有接到他女人的一封信过。他想到了在北京的一家的开销，和许久没有钱汇回去的事情，面上竟现出了一层惨澹的表情来。幸而他嫂嫂在厨下，看不出他的面色，所以停了一会，他才把国内战争剧烈，信息不通的事情说了。

半天的兴奋，使文朴于喝了几口茶，吃了一点点心之后，感到了疲倦，就想上楼去睡去。那楼房本来是他和他女人还住在家里的时候的卧室。结婚也在这一间房里结的。他成年的飘流在外头，他的女人活守着空闺，白天侍候他的母亲，晚上一个人在灯下抱了小孩洒泪的痕迹，在灰黑的墙壁上，坍败的器具上，和庞大的木床上，处处都可以看得出来。文朴看看这些旧日经他女人用过的器具，和壁上还挂在那里的一张她的照相，心里就突然的酸了起来。他痴坐在床沿上，尽在呆看着前面的玻璃窗外的午后的阳光，把睡魔也驱走了，他觉得和他那可怜的女人是永也不能再见，而这一间空房，仿佛是她死后还没有人进来过的样子。一层冷寞的情怀和一种沉闷的氛围气，重重的压上他的心来了。

四

文朴在那间卧房里呆呆的坐在那里出神，不晓得经了好久，他才听见楼下仿佛是他母亲回来的样子，嫂嫂在告诉她说：

"三叔回来了，睡在楼上。"

文朴听了，倒把心定了一定，叹了一口气，就从他的凄切的回忆世界里醒了过来，面上装着了他特有的那种悲凉的笑容，他就向楼下叫了一声"娘"！这时候他才知道冬天的一日已经向晚，房内有点黝黑起来了。

走下了楼，洗了手脸，还没有坐下，他母亲就问他这一回有没有钱带回来。他听了又笑了一笑对她说：

"钱倒是有的，可是还存在银行里。"

"那么可以去取的呀！"

"这钱么，只有人家好取，而我自家是取不动的，哈哈……"

文朴强装的笑了半面，看看他母亲的神气不对，就沉默了下去。

晚饭的时候，文朴和他的母亲在洋灯下对酌。他替母亲斟上了几杯酒之后，她的脾气又发了。

"朴呀朴，你自家想想看，我年纪也老了……你在外边挣钱挣得很多，我哪里看见你有一个钱拿回来过？……你自己也要做父母的，倘使你培植了一个儿女，到了挣钱的时候把你丢开，你心里好过不好过？……你爸爸死的时候……你还只是软头猫那么的一只！……你这一种情节这一种情节大约大约总不在那里回想想看的吧！……"

文朴还只是含了微笑，一声也不响，低了头，拼命的在喝酒，一边看见他母亲的酒杯干了，他就替她酌上，她一边喝，一边讲的话更加多起来了：

"朴呀朴，我还有几年好活？人有几个六十岁？……你……你有对你老婆的百分之一的心对待我，怕老天爷还要保佑你多挣几个钱哩！……"

文朴这时候酒也已经有点醉了，脸上的笑容，渐渐的收敛了起来，脸色也有点青起来了。他额上的一条青筋胀了出来，两边脸上连着太阳窝的几条筋，尽在那里抽动。他母亲还在继续她的数说：

"朴呀朴，你的儿子，可以不必要他去读书的，……我在痛你呀，我怕你将来把儿子培植大了之后，也和我一样的吃苦呀！……你的女人……"

文朴听见她提起了他的女人来，心里也无端的起了一种悲感，仿佛在和他对酌的，并不是他的母亲，她所数说的，也并不是他自己的事情。他只觉得面前有一个人在那里说，世上有怎样怎样的一个男人和怎样怎样的一个女人，在那里受怎样怎样的生离之苦。将这一对男女受苦的情形，确凿的在心眼上刻画了一回，他忽而哇的一声哭了出来，被自家的哭声惊醒了醉梦，他便举目看了他母亲一眼。从珠帘似的眼泪里看过去，他只见了许多从泪珠里反映出来的灯火，和一张小小的，皱纹很多的母亲的歪了的脸。他觉得他的老母，好像也受了酒的熏蒸，在那里哭泣。从坐位里站了起来，轻轻走上他母亲的身边，他把一只手按在她的肩上，一只手拍着她的背，含了泪声，继续地劝慰她说：

"娘！好啦，……好啦，饭……饭冷了，……您吃饭，……您……您吃饭吧！……"

这时候他们屋外的狭巷里，正有一个更夫走过，在击柝声里，文朴听见铜锣锃锃的敲了两下。

一九二六年三月十六日

（原载一九二六年四月二十五日《东方杂志》半月刊第二十三卷第八号，据《达夫短篇小说集》上册）

郁达夫

小说精品

【第三辑】

微雪的早晨

这一个人，现在已经不在世上了；而他的致死的原因，一直到现在还没有明白。

他的面貌很清秀，不像是一个北方人。我和他初次在教室里见面的时候，总以为他是江浙一带的学生；后来听他和先生说话的口气，才知道他是北直隶产。在学校的寄宿舍里和他同住了两个月，在图书室里和他见了许多次数的面，又在一天礼拜六的下午，和他同出西便门去骑了一次骡子，才知道他是京兆的乡下，去京城只有十八里地的殷家集的农家之子，是在北京师范毕业之后，考入这师范大学里来的。

一班新进学校的同学，都是趾高气扬的青年，只有他，貌很柔和，人很谦逊，穿着一件青竹布的大褂，上课的第一天，就很勤恳的拿了一枝铅笔和一册笔记簿，在那里记录先生所说的话。

当时我初到北京，朋友很少。见了一般同学，又只是心虚胆怯，恐怕我的穷状和浅学被他们看出，所以到学校后的一个礼拜之中，竟不敢和同学攀谈一句话。但是对于他，我心里却很感着几分亲热，因为他的坐位，是在我的前一排，他的一举一动，我都默默的在那里留心的看着，所以对于他的那一种谦恭的样子，及和我一样的那种沉默怕羞的态度，心里却早起了共鸣。

是我到学校后第二个星期的一天早晨，我一早就起了床，一个人在操场里读英文。当我读完了一节，静静地在翻阅后面的没有教过的地方的时候，我忽而觉得背后仿佛有人立在那里的样子。回头来一看，果然看见他含了笑，也拿了一本书，立在我的背后去墙不过二尺的地方，在那里对我看着。我回过头来看他的时候，同时他就对我说："您真用功啊！"我倒被他说得脸红了，也只好笑着对他说："您也用功得很！"

从这一回之后，我们俩就谈起天来了。两个月之后，因为和他在图书室里老是在一张桌上看书的原因，所以交情尤其觉得亲密。有一天礼拜六，天气特别的好，前夜下的雨，把轻尘压住，晚秋的太阳晒得和暖可人，又加以午后一点钟教育史，先生请假，吃了中饭之后，两个人在阅报室里遇见了，便不约而同的说出了一句话来："天气真好极了，上哪儿去散散步吧！"

我北京的地理不熟悉，所以一个人不大敢跑出去。到京住了两月之久，在礼拜天和假日里去过的地方，只有三殿和中央公园。那一天因为天气太好，很想上郊外去走走，一见了他，就临时想定了主意，喊出了那一句话来。同时他也仿佛在那里想上城外去跑，见了我，也自然而然的发了这一个提议，所以我们俩不待说第二句话，就走上了向校门的那条石砌的大路。走出校门之后，第二个问题就起来了，"上哪里去呢？"

在琉璃厂正中的那条大道上，朝南迎着日光走了几步，他就笑着问我说："李君，你会骑骡儿不会？"

我在苏州住中学住过四年，骡子是当然会骑的，听了他那一句话，忽而想起了中学时代骑骡子上虎丘去的兴致来，所以马上就赞成说："北京也有骡子么？让我们去骑骑试试！"

"骡儿多得很，一出城门就有，我就怕你不会骑呀。"

"我骑倒是会骑的。"

两人说说走走，到西便门附近的时候，已经是快两点了。雇好了骡子，骑向白云观去的路上，身上披满了黄金的日光，肺部饱吸着西山的爽气，我们两人觉得做皇帝也没有这样的快乐。

北京的气候，一年中以这一个时期为最好。天气不寒不热，大风期还没有到来。净碧的长空，反映着远山的浓翠，好像是大海波平时的景象。况且这一天午后，刚当前夜小雨之余，路上微尘不起，两旁的树叶还未落尽的洋槐榆树的枝头，清翠欲滴，大有首夏清和的意思。

出了西便门，野田里的黍稷都已收割起了，农夫在那里耕锄播种的地方也有，但是大半的地上都还清清楚楚的空在那里。

我们骑过了那乘石桥，从白云观后远看西山的时候，两个人不知不觉的对视了一回，各做了一种会心的微笑，又同发了一声赞叹："真好极了！"

出城的时候，骡儿跑得很快，所以在白云观里走了一阵出来，太阳还是很高。他告诉我说："这白云观，是道士们会聚的地方。清朝慈禧太后也时常来此宿歇。每年正月自初一起到十八止，北京的妇女们游冶子来此地烧香驰马的，路上满都挤着。那时候桥洞底下，还有老道坐着，终日不言不语，也不吃东西，说是得道的。老人堂里更坐着一排白发的道士，身上写明几百岁几百岁，骗取女人们的金钱不少。这一种妖言惑众的行为，实在应该禁止的，而北京当局者的太太小姐们还要前来膜拜施舍，以夸她们的阔绰，你说可气不可气？"

这也是令我佩服他不置的一个地方，因为我平时看见他尽是一味的在那里用功的，然而谈到了当时的政治及社会的陋习，他却慷慨激昂，讲出来的话句句中肯，句句有力，不像是一个读死书的人。尤其是对于时事，他发的议论，激烈得很，对于那些军阀官僚，骂得淋漓尽致。

我们走出了白云观，因为时候还早，所以又跑上前面天宁寺的塔下去了一趟。寺里有兵驻扎在那里，不准我们进去，他去交涉了一番，也终于不行。所以在回来的路上，他又切齿的骂了一阵："这些狗东西，我总得杀他们干净。我们百姓的儿女田庐，都被他们侵占尽了。总有一天报他们的仇。"

经过了这一次郊外游行之后，我们的交情又进了一步。上课的时候，他坐在我的前头，我坐在他的后一排，进出当然是一道。寝室本来是离开两间的，然而他和一位我的同房间的办妥了交涉，竟私下搬了过来。在图书室里，当然是一起的。自修室却没有法子搬拢来，所以只有自修的时候，我们两人不能同伴。

每日的日课，大抵是一定的。平常的时候，我们都到六点半钟就起床，拿书到操场上去读一个钟头。早饭后上课，中饭后看半点钟报，午后三点钟课余下来，上图书室去读书。晚上自修两个钟头，洗一个脸，上寝室去杂谈一会，就上床睡觉。我自从和他住在一道之后，觉得兴趣也好得多，用功也更加起劲了。

可是有一点，我时常在私心害怕，就是中学里时常有的那一种同学中的风说。他的相儿，虽则很清秀，然而两道眉毛很浓，嘴唇极厚，一张不甚白皙的长方脸，无论何人看起来，总是一位有男性美的青年。万一有风说起来的时候，我这身材矮小的南方人，当然要居于不利的地位。但是这私心的恐惧，终没有实现出来，一则因为大学生究竟比中学生知识高一点，二则大约也是因为他的勤勉的行为和凛不可犯的威风可以压服众人的缘故。

这样的又过去了两个月，北风渐渐的紧起来，京城里的居民也感到寒威的逼迫了；我们学校里就开始了考试，到了旧历十二月底边，便放了年假。

　　同班的同学，北方人大抵是回家去过年的；只有贫而无归的我和其他的二三个南方人，脸上只是一天一天的在枯寂下去，眼看得同学们一个一个的兴高采烈地整理行箧，心里每在洒丧家的苦泪。同房间的他因为看得我这一种状况，也似乎不忍别去，所以考完的那一天中午，他就同我说："年假期内，我也不打算回去，好在这儿多读一点书。"但考试完后的两天，图书室也闭门了，同房间的同学只剩了我和他的两个人。又加以寝室内和自修室里火炉也没有，电灯也似乎减了光，冷灰灰的蛰伏在那里，看书终究看不进去。若去看戏游玩呢，我们又没有这些钱；上街去走走呢，冰寒的大风灰沙里，看见的又都是些残年的急景和往来忙碌的行人。

　　到了放假后的第三天，他也垂头丧气的急起来了。那一天早晨，天气特别的冷，我们开了眼，谈着话，一直睡到十点多钟才起床。饿着肚在房里看了一会杂志，他忽儿对我说："李君，我们走吧，你到我们乡下去过年好不好？"

　　当他告诉我不回家去过年的时候，我已经看出了他对我的好意，心里着实的过意不去，现在又听了他这话，更加觉得对他不起了，所以就对他说："你去吧！家里又近，回家去又可以享受夫妇的天伦之乐，为什么不回去呢？"

　　但他无论如何总不肯一个人回去，从十点半钟讲起，一直讲到中午吃饭的时候止，他总要我和他一道，才肯回去。他的脾气是很古怪的，平时沉默寡言，凡事一说出口，却不肯改过口来。我和他相处半年，深知他有这一种执拗不弯的习气，所以到后来就终究答应了他，和他一道上他那里去过年。

　　那一天早晨很冷，中午的时候，太阳还躲在灰白的层云里，吃过中饭，把行李收拾了一收拾，正要雇车出去的时候，寒空里却下起鹅毛似的雪片来了。

　　雇洋车坐到永定门外，从永定门我们再雇驴车到殷家集去。路上来往的行人很少，四野寥阔，只有几簇枯树林在那里点缀冬郊的

寂寞。雪片尽是一阵一阵的大起来，四面的野景，渺渺茫茫，从车篷缺处看出去，好像是披着了一层薄纱似的。幸亏我们车是往南行的，北风吹不着，但驴背的雪片积得很多，溶化的热气一道一道的偷进车厢里来，看去好像是驴子在那里出汗的样子。

冬天的短日，阴森森的晚了，驴车里摇动虽则很厉害，但我已经昏昏的睡着。到了他摇我醒来的时候，我同做梦似的不晓得身子在什么地方。张开眼睛来一看，只觉得车篷里黑得怕人。他笑着说："李君！你醒醒吧！你瞧，前面不是有几点灯火看见了么？那儿就是殷家集呀！"

又走了一阵，车子到了他家的门口，下车之后，我的脚也盘坐得麻了。走进他的家里去一看，里边却宽敞得很。他的老父和母亲，喜欢得了不得。我们在一盏煤油灯下，吃完了晚饭，他的媳妇也出来为我在一张暖炕上铺起被褥来。说起他的媳妇，本来是生长在他家里的童养媳，是于去年刚合婚的。两只脚缠得很小，相儿虽则不美，但在乡下也不算很坏。不过衣服的样子太古，从看惯了都市人士的我们看来，她那件青布的棉袄，和紧扎着脚的红棉裤，实在太难看了。这一晚因为日间在驴车上摇摆了半天，我觉得有点倦了，所以吃完晚饭之后，一早就上炕去睡了。他在里间房里和他父母谈了些什么，和他媳妇在什么时候上炕，我却没有知道。

在他家里过了一个年，住了九天，我所看出的事实，有两件很使我为他伤心：第一是婚姻的不如意，第二是他家里的贫穷。

北方的农家，大约都是一样的，终岁劳动，所得的结果，还不够供政府的苛税。他家里虽则有几十亩地，然而这几十亩地的出息，除了赋税而外，他老父母的饮食和媳妇儿的服饰，还是供给不了的。他是独养儿子，父亲今年五十多了。他前后左右的农家的儿子，年纪和他相上下的，都能上地里去工作，帮助家计；而他一个人在学校里念书，非但不能帮他父亲，并且时时还要向家里去支取零用钱来买书购物。到此，我才看出了他在学校里所以要这样减省的原因。唯其如此，我和他同病相怜，更加觉得他的人格的高尚。

到了正月初四，旧年的雪也溶化了，他在家里日日和那童养媳相对，也似乎十分的不快，所以我就劝他早日回京，回到学校里去。

正月初五的早晨，天气很好，他父亲自家上前面一家姓陈的人家，去借了驴儿和车子，送我们进城来。

说起了这姓陈的人家，我现在还疑他们的女儿是我同学致死的最大原因。陈家是殷家集的豪农，有地二百多顷。房屋也是瓦屋，屋前屋后的墙围很大。他们有三个儿子，顶大的却是一位女儿。她今年十九岁了，比我那位同学小两岁。我和他在他家里住了几天，然而一半的光阴却是在陈家费去的。陈家的老头儿，年纪和我同学的父亲差不多，可是娶了两次亲，前后都已经死了。初娶的正配生了一个女儿，继娶的续弦生了三个男孩，顶大的还只有十一岁。

我的同学和陈家的惠英——这是她的名字——小的时候，在一个私塾里念书；后来大了，他就去进了史官屯的小学校。这史官屯在殷家集之北七八里路的地方，是出永定门以南的第一个大村庄。他在史官屯小学里住了四年，成绩最好，每次总考第一，所以毕业之后，先生就为他去北京师范报名，要他继续的求学。这先生现在也已经去世了，我的同学一说起他，还要流出眼泪来感激不得了。从此他在北京师范住了四年，现在却安安稳稳的进了大学。读书人很少的这村庄上，大家对于他的勤俭力学，当然是非常尊敬。尤其是陈家的老头儿，每对他父亲说："雅儒这小孩，一定很有出息，你一定培植他出来，若要钱用，我尽可以为你出力。"

我说了大半天，把他的名姓忘了，还没有告诉出来。他姓朱，名字叫"雅儒"。我们学校里的称呼本来是连名带姓叫的，大家叫他"朱雅儒"，"朱雅儒"；而他叫人，却总不把名字放进去，只叫一个姓氏，底下添一个君字。因此他总不直呼其名的叫我"李厥明"，而以"李君"两字叫我。我起初还听不惯，觉得有点儿不好

意思；后来也就学了他，叫他"朱君"，"朱君"了。

陈家的老头儿既然这样的重视他，对于他父亲提出的借款问题，当然是百无一拒的。所以我想他们家里，欠陈家的款，一定也是不在少数。

那一天，正月初五的那一天，他父亲向陈家去借了驴车驴子，送我们进城来，我在路上因为没有话讲，就对他说："可惜陈家的惠英没有读书，她实在是聪明得很！"

他起初听了我这一句话，脸上忽而红了一红；后来觉得我讲这话时并没有恶意含着，他就叹了一口气说："唉！天下的恨事正多得很哩！"

我看他的神气，似乎他不大愿意我说这些女孩儿的事情，所以我也就默默的不响了。

那一天到了学校之后，同学们都还没有回来，我和他两个人逛逛厂甸，听听戏，也就猫猫虎虎将一个寒假过了过去。开学之后，又是刻板的生活，上课下课，吃饭睡觉，一直到了暑假。

暑假中，我因为想家想得心切，就和他别去，回南边的家里来住了两个月。上车的时候，他送我到车站上来，说了许多互相勉励的说话，要我到家之后，每天写一封信给他，报告南边的风物。而我自家呢，说想于暑假中去当两个月家庭教师，好弄一点零用，买一点书籍。

我到南边之后，虽则不天天写信，但一个月中间，也总计要和他通五六封信。我从信中的消息，知道他暑假中并不回家去，仍住在北京一家姓黄的人家教书，每月也可得二十块钱薪水。

到阳历八月底边，他写信来催我回京，并且说他于前星期六回到殷家集去了一次，陈家的惠英还在问起我的消息呢。

因为他提起了惠英，我倒想起当日在殷家集过年的事情来了。惠英的貌并不美，不过皮肤的细白实在是北方女子中间所少见的。一双大眼睛，看人的时候，使人要惧怕起来；因为她的眼睛似乎能洞见一切的样子。身材不矮不高，一张团团的面使人一见就觉得她是一个忠厚的人。但是人很能干，自她后母死后，一切家计都操在她的手里。她的家里，洒扫得很干净。西面的一间厢房，是她的起坐屋，一切账簿文件，都搁在这一间厢房里。我和朱君于过年前后的几天中老去坐谈的，也是在这间房里。她父亲喜欢喝点酒，所以正月里的几天，他老在外头。我和朱君上她家里去的时候，不是和她的几个弟弟说笑话，谈故事，就和她讲些北京学校里的杂事。朱君对她，严谨沉默，和对我们同学一样。她对朱君亦没有什么特别的亲热的表示。

只有一天，正月初四的晚上，吃过晚饭之后，朱君忽而从家中走了出去。我和他父亲谈了些杂天，抽了一点空，也顺便走了出来，上前面陈家去，以为朱君一定在她那里坐着。然而到了那厢房里，和她的小兄弟谈了几句话之后，问他们"朱君来过了没有？"他们都摇摇头说"没有来过"。问他们的"姊姊呢？"他们回答说："病着，睡觉了。"

我回到朱家来，正想上炕去睡的时候，从前面门里朱君却很快的走了进来。在煤油灯底下，我虽看不清他的脸色，然而从他和我说话的声气及他那双红肿的眼睛上看来，似乎他刚上什么地方去痛哭了一场似的。

我接到了他催我回京的信后，一时连想到了这些细事，心里倒觉得有点好笑，就自言自语的说了一句："老朱！你大约也掉在恋爱里了吧？"

阳历九月初，我到了北京，朱君早已回到学校里来，床位饭案等事情，他早已为我弄好，弄得和他一块。暑假考的成绩，也已经发表了，他列在第二，我却在他的底下三名的第五，所以自修室也合在一块儿。

开学之后，一切都和往年一样，我们的生活也是刻板式的很平稳的过去了一个多月。北京的天气，新考入来的学生，和我们一班

的同学，以及其他的一切，都是同上学期一样的没有什么变化，可是朱君的性格却比从前有点不同起来了。

平常本来是沉默的他，入了阳历十月以后，更是闷声不响了。本来他用钱是很节省的，但是新学期开始之后，他老拖了我上酒店去喝酒去。拼命的喝几杯之后，他就放声骂社会制度的不良，骂经济分配的不均，骂军阀，骂官僚，末了他尤其攻击北方农民阶级的愚昧，无微不至。我看了他这一种悲愤，心里也着实为他所动，可是到后来只好以顺天守命的老生常谈来劝他。

本来是勤勉的他，这一学期来更加用功了。晚上熄灯铃打了之后，他还是一个人在自修室里点着洋蜡，在看英文的爱伦凯，倍倍儿，须帝纳儿等人的书。我也曾劝过他好几次，教他及时休养休养，保重身体。他却昂然的对我说："像这样的世界上，像这样的社会里，我们偷生着有什么用处？什么叫保重身体？你先去睡吧！"

礼拜六的下午和礼拜天的早晨，我们本来是每礼拜约定上郊外去走走的；但他自从入了阳历十月以后，不推托说是书没有看完，就说是身体不好，总一个人留在寝室里不出去。实际上，我看他的身体也一天一天的瘦下去了。两道很浓的眉毛，投下了两层阴影，他的眼窝陷落得很深，看起来实在有点怕人，而他自家却还在起早落夜的读那些提倡改革社会的书。我注意看他，觉得他的饭量也渐渐的减下去了。

有一天寒风吹得很冷，天空中遮满了灰暗的云，仿佛要下大雾的早晨，门房忽而到我们的寝室里来，说有一位女客，在那里找朱先生。那时候，朱君已经出去上操场上去散步看书去了。我走到操场上，寻见了他，告诉了他以后，他脸上忽然变得一点血色也没有，瞪了两眼，同呆子似的尽管问我说："她来了么？她真来了么？"

我倒被他骇了一跳，认真的对他说："谁来谎你，你跑出去看看就对了。"

他出去了半日，到上课的时候，也不进教室里来；等到午后一点多钟，我在下堂上自修室去的路上，却遇见了他。他的脸色更灰白了，比早晨我对他说话的时候还要阴郁，锁紧了的一双浓厚的眉毛，阴影扩大了开来，他的全部脸上都罩着一层死色。我遇见了他，问他早晨来的是谁，他却微微的露了一脸苦笑说："是惠英！她上京来买货物的，现在和她爸爸住在打磨厂高升店。你打算去看她么？我们晚上一同去吧！去和他们听戏去。"

听了他这一番话，我心里倒喜欢得很，因为陈家的老头儿的话，他是很要听的。所以我想吃过晚饭之后，和他同上高升店去，一则可以看看半年多不见的惠英，二则可以托陈家的老头儿劝劝朱君，劝他少用些功。

吃过晚饭，风刮得很大，我和他两个人不得不坐洋车上打磨厂去。到高升店去一看，他们父女二人正在吃晚饭，陈老头还在喝白干，桌上一个羊肉火锅烧得满屋里都是火锅的香味。电灯光为火锅的热气所包住，照得房里朦朦胧胧。惠英着了一件黑布的长袍，立起来让我们坐下喝酒的时候，我觉得她的相儿却比在殷家集的时候美得多了。

陈老头一定要我们坐下去喝酒，我们不得已就坐下去喝了几杯。一边喝，一边谈，我就把朱君近来太用功的事情说了一遍。陈老头听了我的话，果然对朱君说："雅儒！你在大学里，成绩也不算不好，何必再这样呢？听说你考在第二名，也已经可以了，你难道还想夺第一名么？……总之，是身体要紧。……你的家里，全都在盼望你在大学里毕业后，赚钱去养家；万一身体不好，你就是学问再好一点，也没有用处。"

朱君听了这些话，尽是闷声不语，一杯一杯的在俯着头喝酒。我也因为喝了一点酒，头早昏痛了，所以看不出他的表情来。一面回过头来看看惠英，似乎也俯着了头，在那里落眼泪。

这一天晚上，因为谈天谈得时节长了，戏终于没有去听。我们坐洋车回校里的时候，自修的钟头却已经过了。第二天，陈家的父女已经回家去了，我们也就回复了平时的刻板生活。朱君的用功，沉默，牢骚抑郁的态度，也仍旧和前头一样，并不因陈家老头儿的劝告而减轻些。

时间一天一天的过去，又是一年将尽的冬天到了。北风接着吹了几天，早晚的寒冷骤然增加了起来。

年假考的前一个星期，大家都紧张起来了，朱君也因这一学期里看课外的书看了太多，把学校里的课本丢开的原因，接连有三夜不睡，温习了三夜功课。

正将考试的前一大早晨，朱君忽而一早就起了床，袜子也不穿，蓬头垢面的跑了出去。跑到了门房里，他拉住了门房，要他把那一个人交出来。门房莫名其妙，问他所说的那一个人是谁，他只是拉住了门房吵闹，却不肯说出那一个人的姓名来。吵得声音大了，我们都出去看，一看是朱君在和门房吵闹，我就夹了进去。这时候我一看朱君的神色，自家也骇了一跳。

他的眼睛是血胀得红红的，两道眉毛直竖在那里，脸上是一种没有光泽的青灰色，额上颈项上胀满了许多青筋。他一看见我们，就露了两列雪白的牙齿，同哭也似的笑着说："好好，你们都来了，你们把这一个小军阀看守着，让我去拿出手枪来枪毙他。"

说着，他就把门房一推，推在我和另外两个同学的身上；大家都不提防他的，被他这么一推，四个人就一块儿的跌倒在地上。他却狞猛地哈哈的笑了几声，就一直的跑了进去。

我们看了他这一种行动，大家都晓得他是精神错乱了。就商量叫校役把他看守在养病室里，一边去通知学校当局，请学校里快去请医生来替他医治。

他一个人坐在养病室里不耐烦，硬要出来和校役打骂。并且指看守他的校役是小军阀，骂着说："混蛋，像你这样的一个小小的军阀，也敢强取人家的闺女么？快拿手枪来，快拿手枪来！"

校医来看他的病，也被他打了几下，并且把校医的一副眼镜也扯下来打碎了。我站在门口，含泪的叫了几声："朱君！朱君！你连我都认不清了么？"

他光着眼睛，对我看了一会，就又哈哈哈哈的笑着说："你这小王八，你是来骗钱的吧！"

说着，他又打上我的身来，我们不得已就只好将养病室的门锁上，一边差人上他家里去报信，叫他的父母出来看护他的病。

到了将晚的时候，他父亲来了，同来的是陈家的老头儿。我当夜就和他们陪朱君出去，在一家公寓里先租了一间房间住着。朱君的病愈来愈凶了，我们三个人因为想制止他的暴行，终于一晚没有睡觉。

第二天早晨，我一早就回学校去考试，到了午后，再上公寓里去看他的时候，知道他们已经另外租定了一间小屋，把朱君捆缚起来了。

我在学校里考试考了三天，正到考完的那一日早晨一早就接到了一个急信，说朱君已经不行了，急待我上那儿去看看他。我到了那里去一看，只见黑漆漆的一间小屋里，他同鬼也似的还被缚在一张板床上。房里的空气秽臭得不堪，在这黑臭的空气里，只听见微微的喘气声和腹泻的声音。我在门口静立了一会，实在是耐不住了，便放高了声音，"朱君"，"朱君"的叫了两声。坐在他脚后的他那老父，马上就举起手来阻止住我的发声。朱君听了我的唤声，把头转过来看我的时候，我只看见了一个枯黑得同髑髅似的头和很黑很黑的两颗眼睛。

我踏进了那间小房，审视了他一会，看见他的手脚还是绑着，头却软软的斜靠在枕头上面。脚后头坐在他父亲背后的，还有一位那朱君的媳妇，眼睛哭得红肿，呆呆的缩着头，在那里看守着这将死的她的男人。

我向前后一看，眼泪忽而涌了出来，走上他的枕头边上，伏下

身去，轻轻的问了他一句话，"朱君！你还认得我么？"底下就说不下去了。他又转过头来对我看了一眼，脸上一点儿表情也没有，但由我的泪眼看过去，好像他的眼角上也在流出眼泪来的样子。

我走近他父亲的身边，问陈老头哪里去了。他父亲说："他们惠英要于今天出嫁给一位军官，所以他早就回去料理喜事去了。"

我又问朱君服的是什么药，他父亲只摇摇头，说："我也不晓得。不过他服了药后，却泻到如今，现在是好像已经不行了。"

我心里想，这一定是服药服错了，否则，三天之内，他何以会变得这样的呢？我正想说话的时候，却又听见了一阵腹泻的声音，朱君的头在枕上摇了几摇，喉头咯咯的响起来了。我的毛发竦竖了起来，同时他父亲，他媳妇儿也站起来赶上他的枕头边上去。我看见他的头往上抽了几抽，喉咙头咯落落响了几声，微微抽动了一刻钟的样子。一切的动静就停止了。他的媳妇儿放声哭了起来，他的父亲也因急得痴了，倒只是不发声的呆站在那里。我却忍耐不住了，也低下头去在他耳边"朱君！朱君！"的绝叫了两三声。

第二天早晨，天又下起微雪来了。我和朱君的父亲和他的媳妇，在一辆大车上一清早就送朱君的棺材出城去。这时候城内外的居民还没有起床，长街上清冷得很。一辆大车，前面载着朱君的灵柩，后面坐着我们三人，慢慢的在雪里转走。雪片积在前面罩棺木的红毡上，我和朱君的父亲却包在一条破棉被里，避着背后吹来的北风。街上的行人很少，朱君的媳妇幽幽在哭着的声音，觉得更加令人伤感。

大车走出永定门的时候，黄灰色的太阳出来了，雪片也似乎少了一点。我想起了去年冬假里和朱君一道上他家去的光景，就不知不觉的向前面的灵柩叫了两声，忽儿按捺不住地哗的一声放声哭了起来。

一九二七年七月十六日
原载一九二七年七月二十日《教育杂志》月刊第十九卷第七号"教育文艺"栏，发表时题名《考试》

东梓关

　　一夜北风，院子里的松泥地上，已结成了一层短短的霜柱，积水缸里，也有几丝冰骨凝成了。从长年漂泊的倦旅归来，昨晚上总算在他儿时起居惯的屋栋底下，享受了一夜安眠的文朴，从楼上起身下来，踏出客堂门，上院子里去一看，陡然间却感到了一身寒冷。

　　"这一区江滨的水国，究竟要比半海洋性的上海冷些。"

　　瞪目呆看着晴空里的阳光，正在这样凝想着的时候，从厨下刚走出客堂里来的他那年老的娘，却忽而大声地警告他说：

　　"朴，一侵早起来，就站到院子里去干什么？今天可冷得很哩！快进来，别遭了凉！"

　　文朴听了她这仍旧是同二十几年前一样的告诫小孩子似的口吻，心里头便突然间起了一种极微细的感触，这正是有些甜苦的感触。眼角上虽渐渐带着了潮热，但面上却不能自已地流露出了一脸微笑，他只好回转身来，文不对题的对他娘说：

"娘！我今天去就是，上东梓关徐竹园先生那里去看一看来就是，省得您老人家那么的为我担心。"

"自然啦，他的治吐血病是最灵也没有的，包管你服几帖药就能痊愈。那两张钞票，你总收藏好了吧？要是不够的话，我这里还有。"

"哪里会得不够呢。我自己也还有着，您放心好了，我吃过早饭，就上轮船局去。"

"早班轮船怕没有这么早。你先进来吃点点心，回头等早午饭烧好，吃了再去，也还来得及哩。你脸洗过了没有？"

洗了一洗手脸，吃了一碗开水冲蛋，上各处儿时走惯的地方去走了一圈回来，文朴的娘已经摆好了四碗蔬菜，在等他吃早午饭了。短短的冬日，在白天的时候也实在短不过，文朴满以为还是早晨的此刻，可是一坐下来吃饭，太阳却早已晒到了那间朝南的客堂的桌前，看起来大约总也约莫有了十点多钟的样子了。早班轮船是早晨七点从杭州开来的，到埠总在十一点左右，所以文朴的这一顿早午饭，自然是不能吃得十分从容。倒是在上座和他对酌的他那年老的娘，看他吃得太快了，就又宽慰他说：

"吃得这么快干什么？早班轮赶不着，晚班的总赶得上的，当心别噎隔起来！"依旧是同二十几年前对小孩子说话似的那一种口吻。

刚吃完饭，擦了擦脸，文朴想站起来走了，他娘却又对他叮嘱着说：

"我们和徐竹园先生，也是世交，用不着客气的。你虽则不认得他，可是到了那里，今天你就可以服一帖药，就在徐先生的春和堂里配好，托徐先生家里的人代你煎煎就对。……"

"好，好，我晓得的。娘，你慢用吧，我要走了。"

正在这个时候，轮船报到的汽笛声，也远远地从江面上传了过来。

这小县城的码头上，居然也挤满了许多上船的行旅客商和自乡下来上城市购办日用品的农民，在从码头挤上船去的一段浮桥上，文朴也遇见了许多儿时熟见的乡人的脸。汽笛重叫了一声，轮船离埠开行之后，文朴对着渐渐退向后去的故乡的一排城市人家，反吐了一口如释重负似的深长的气。因为在外面漂泊惯了，他对于小时候在那儿生长，在旅途中又常在想念着的老巢，倒在感到一种莫名其妙的压迫。一时重复身入了舟车逆旅的中间，反觉得是回到了熟习的故乡来的样子。更况且这时候包围在他坐的那只小轮船的左右前后的，尽是些蓝碧的天，澄明的水，和两岸的青山红树，江心的暖日和风，放眼向四周一望，他觉得自己譬如是一只在山野里飞游惯了的鸟，又从狭窄的笼里飞出，飞回到大自然的怀抱里来了。

东梓关在富春江的东岸，钱塘江到富阳而一折，自此以上，为富春江，已经将东西的江流变成了南北的向道。轮船在途中停了一二处，就到了东梓关的埠头。东梓关虽则去县城只有三四十里路程，但文朴因自小就在外面漂流，所以只在极幼小的时候因上祖坟来过一次之外，自有确实的记忆以后却从还没有到过这一个在他们的故乡也是很有名的村镇。

江上太阳西斜了，轮船在一条石砌的码头上靠了岸。文朴跟着几个似乎是东梓关附近土著的农民上岸之后，第一就问他们，徐竹园先生是住在哪里的。

"徐竹园先生吗？就是那间南面的大房子！"

一个和他一道上岸来的农民在岸边站住了，用了他那只苍老曲屈的手指，向南指点了一下。

文朴以手遮着日光，举头向南一看，只看出了几家疏疏落落的人家和许多树叶脱尽的树木来。因稻已经收割尽了，空地里草场上，只堆着一堆一堆的干稻草在那里反射阳光。一处离埠头不远的池塘里，游泳着几只家畜的鸭，时而一声两声的在叫着。池塘边上

水浅的地方，还浸着一只水牛，在水面上擎起了它那个两角峥嵘的牛头，和一双黑沉沉的大眼，静静儿的在守视着从轮船上走下来的三五个行旅之人。村子里的小路很多，有些是石砌的，有些是黄泥的，只有一条石板砌成的大道，曲折横穿在村里的人家和那池塘的中间，这大约是官道了。文朴跟着了那个刚才教过他以徐先生的住宅的农夫，就朝南顺着了这一条大道走向前去。

东梓关的全村，大约也有百数家人家，但那些乡下的居民似乎个个都很熟识似的。文朴跟了农夫走不上百数步路，却听他把自那里来为办什么事去的历史述说了一二十次，因为在路上遇见他的人，个个都以同样的话问他一句，而他总也一边前进，一边以同样的话回答他们。直到走上了一处有四五条大小的叉路交接的地方，他的去路似乎和文朴的不同了，高声一喊，他便喊住了一位在一条小路上慢慢向前行走的中老农夫，自己先说了一遍自何处来为办什么事而去的历史，然后才将文朴交托了他，托他领到徐先生的宅里，他自己就顺着大道，向前走了。

徐竹园先生的住宅，果然是近邻中所少见的最大的一所，但墙壁梁栋，也都已旧了，推想起来，大约总也是洪杨战后所筑的旧宅无疑。文朴到了徐家屋里，由那中老农夫进去告诉了一声，等了一会，就走出来了一位面貌清秀，穿长衫作学生装束的青年。听取了文朴的自己介绍和来意以后，他就很客气地领他进了一间光线不十分充足的厢房。这时候虽则已进了午后，可是门外面的晴冬的空气，干燥得分外鲜明，平面的太阳光线，也还照耀得辉光四溢，而一被领进到了这一间分明是书室兼卧房的厢房的中间，文朴觉得好象已经是寒天日暮的样子了。厢房的三壁，各摆满了许多册籍图画，一面靠壁的床上陈设着有一个长方的紫檀烟托和一盏小小的油灯。文朴走到了床铺的旁边，躺在床上刚将一筒烟抽完的徐竹园先生也站起来了。

"是文先生么？久仰久仰。令堂太太的身体近来怎么样？请躺下去歇歇吧，轮船里坐得不疲乏么？彼此都不必客气，就请躺下去歇歇，我们可以慢慢的谈天。"

竹园先生总约莫有五十岁左右了，清癯的面貌，雅洁的谈吐，绝不象是一个未见世面的乡下先生。文朴和他夹着烟盘躺下去后，一边在看他烧装捏吸，一边也在他停烧不吸的中间，听取了许多关于他自己当壮年期里所以要去学医的由来。

东梓关的徐家，本来是世代著名的望族，在前清嘉道之际，徐家的一位豪富，也曾在北京任过显职，嗣后就一直没脱过科甲。竹园先生自己年纪轻的时候，也曾做过救世拯民的大梦，可是正当壮年时期，大约是因为用功过了度，在不知不觉的中间，竟尔染上了吐血的宿疾，于是大梦也醒了，意志也灰颓了，翻然悔悟，改变方针，就于求医采药之余，一味的看看医书，试试药性，象这样的生活，到如今已经过了二十多年了。

"就是这一口烟……"

徐竹园先生继续着说：

"就是这一口烟，也是那时候吸上的。病后上的瘾，真是不容易戒绝，所以我劝你，要根本的治疗，还是非用药不行。"

世事看来，原是塞翁之马，徐竹园先生因染了疾病，才绝意于仕进，略有余闲，也替人家看看病，自己读读书，经管经管祖上的遗产；每年收入，薄有盈余，就在村里开了一家半施半卖的春和堂药铺。二十年来大局尽变，徐家其他的各房，都因宦途艰险，起落无常之故，现在已大半中落了，可是徐竹园先生的一房，男婚女嫁，还在保持着旧日的兴隆，他的长子，已生下了孙儿，三代见面了。

文朴静躺在烟铺的一旁，一边在听着徐竹园先生的述怀，一边也暗自在那里下这样的结论；忽而前番引领他进来的那位青年，手里拿了一盏煤油灯走进了房来，并且报告着说：

"晚饭已经摆上了！"

徐竹园先生从床上立了起来，整整衣冠，陪文朴走上厅去的中间，文朴才感到了乡下生活的悠闲，不知不觉，在烟盘边一躺却已经有三四个钟头飞驰过去了。丰盛的一餐夜饭吃完之后，自然的就又走回到了烟铺。竹园先生的兴致愈好了，饭后的几筒烟一抽，谈话就转到了书版掌故的一方面去。因为文朴也是喜欢收藏一点古书骨董之类的旧货的，所以一谈到了这一方面，他的精神，也自然而然地振作了一下。

竹园先生更取出了许多收藏的砖砚，明版的书籍，和傅青主手写的道情卷册来给文朴鉴赏。文朴也将十几年来在外面所见过的许多珍彝古器的大概说给了徐先生听。听到了欧战期间巴黎博物院里保藏古物的苦心的时候，竹园先生竟以很新的见解，发表了一段反对战争的高论。为证明战争的祸患无穷，与只有和平的老百姓受害独烈的实际起见，他最后又说到了这东梓关地方的命名的出处。

东梓关本来叫作"东指关"的，吴越行军，到此暂驻，顺流直下，东去就是富阳山嘴，是一个天然的关险，是以行人到此，无不东望指关，因而有了这一个名字。但到了明末，倭寇来侵，江浙沿海一带，处处都遭了蹂躏，这儿一隅，虽然处在内地，可是烽烟遍野，自然也民不安居。忽而有一天晚上，大兵过境，将此地土著的一位农民强拉了去。他本来是一个独子，父母都已经去世了，只剩下两个弱妹，全要凭他的力田所入来养活三人的。哥哥被拉了去后的两位弱妹，当然是没有生路了，于是只有朝着东方她们哥哥被拉去的方向，举手狂叫，痛哭悲号，来减轻她们的忧愁与恐怖。这样的哭了一日一夜，眼睛里哭出血来了，突然间天上就起了狂风，将她们的哭声送到了她们哥哥的耳里。她们的哥哥这时候正被铁链锁着，在军营里服牛马似的苦役。大风吹了一日一夜，他流着眼泪，远听她们的哭声也听了一日一夜。直到第三天的天将亮的时候，他拖着铁链，爬到了富春江下游的钱塘江岸，纵身一跳，竟于狂风大雨之中跳到了正在涨潮的大江心里。同时他的两位弱妹，也因为哭了二日二夜，眼睛里的血也流完了之故，于天将亮的时候在"东指关"的江边，跳到水里去了。第三天天晴风息，"东指关"的住民早晨起来一看，附近地方的树头，竟因大风之故，尽曲向了东方。当时这里所植的都是梓树，所以以后，地名就变作了东梓关。过了几天，潮退了下去，在东梓关西面的江心里，忽然现出了两大块岩石来。在这两大块岩石旁边，他们兄妹三人的尸体却颜色如生地静躺在那里，但是三人的眼睛，都是哭得红肿不堪的。

"那两大块岩石，现在还在那里，可惜天晚了，不能陪你去看……"

徐竹园先生慢慢地说：

"我们东梓关人，以后就把这一堆岩石称作了'姐妹山'。现在岁时伏腊，也还有人去顶礼膜拜哩！战争的毒祸，你说厉害不厉害？"

将这一大篇故事述完之后，竹园先生就又大口的抽了两口烟，咕的喝了一口浓茶。点上一枝雪茄，放到嘴里衔上了，他就坐了起来对文朴说：

"现在让我来替你诊脉吧！看你的脸色，你那病还并没有什么不得了的。"

伏倒了头，屏绝住气息，他轻一下重一下的替文朴按了约莫有三十分钟的脉，又郑重地看了一看文朴的脸色和舌苔，他却好象已经得到了把握似地欢笑了起来：

"不要紧，不要紧，你这病还轻得很呢！我替你开两个药方，一个现在暂时替你止血，一个你以后可以常服的。"

说了这几句话后，他又凝神屏气地向洋灯注视了好几分钟，然后伸手磨墨，预备写下那两张药方来了。

这时候时间似乎已经到了夜半，沉沉的四壁之内，文朴只听见竹园先生磨墨的声音响得很厉害。时而窗外面的风声一动，也听得见一丝一丝远处的犬吠之声，但四面却似乎早已经是睡尽了。

　　文朴一个人坐在竹园先生的背后，在这深夜的沉寂里静静的守视着他这种聚精会神的神气，和一边咳嗽一边伸纸吮笔的风情，心里头却自然而然的起了一种畏敬的念头。

　　"啊啊，这的确是名医的风度！"

　　文朴在心里想：

　　"这的确是名医的样子，我的病大约是有救药了。"

　　竹园先生把两个药方开好了，搁下了笔，他又重将药方仔细检点了一遍。文朴立起来走向了桌前，接过药方，就躬身道了个谢，旋转身又和竹园先生躺下在烟盘的两旁。竹园先生又抽了几口之后，厅上似乎起了一点响动，接着就有人送点心进来了，是热烘烘的一壶酒，四碟菜，两碗面。文朴因为食欲不佳，所以只喝了一杯酒就搁下了筷，在陪着竹园先生进用饮食的当中，他却忍不住地打了两个呵欠。竹园先生看见了，向房外叫了一声，白天的那位青年就走了进来，执着灯陪文朴进了一间小小的客房。

　　文朴睡不上几个钟头，窗外面已经有早起的农人起来了，一睡醒后，他第二觉是很不容易睡着的，撩起帐子来一看，窗外面似乎依旧是干燥的晴天。他张开眼想了一想，就匆匆地披衣着袜，起身走出了卧床。徐家的上下，除打洗脸水来的佣人之外，当然是全家还在高卧。文朴问佣人要了一副纸笔，向竹园先生留下了一张打扰告罪的字条，便从徐家走了出来。因为下水的早班轮船，是于八点前后经过东梓关埠头的，他就想乘了这班早班，重回到他老母的身边去，在徐家服药久住，究竟觉得有点不便。

　　屋外面的空气着实有点尖寒的难受，可是静躺在晴冬的朝日之下的这东梓关的村景，却给与了文朴以不能忘记的印象。

　　一家一家的瓦上，都盖上了薄薄的层霜。枯树枝头，也有几处似金刚石般地在反射着刚离地平线不远的朝阳光线。村道上来往的人，并不见多，但四散着的人家烟突里，却已都在放出同天的颜色一样的炊烟来了。隔江的山影，因为日光还没有正射着的缘故，浓黑得可怕，但朝南的一面旷地里，却已经洒满了金黄的日色和长长的树影之类。文朴走到了江边，埠头还不见有一个候船的人在等着，向一位刚自江里挑了一担水起来的工人问了一声，知道轮船的到来，总还有一个钟头的光景。

文朴呆呆地在埠头立了几分钟，举头便向徐竹园先生的那所高大的房屋一望，看见他们的朝东的一道白墙头上，也已经晒上了太阳了。

"大约象他老先生那样舒徐浑厚的人物，现在总也不多了吧？这竹园先生，也许是旧时代的这种人物的最后一个典型！"

心里这样的想着，他脑里忽而想起了昨晚上所谈的一宵闲话。

"象这一种夜谈的情景，却也是不可多得的。龚定庵所说的'小屏红烛话冬心'，趣味哪里有这样的悠闲隽永。"

"小屏——红烛——话——冬心！""小屏——红烛——话——冬心！"茫然在口里这样轻轻念了几句，他的面前，却忽而又闪出了一个年纪很轻的挑水的人来。那少年对他望了几眼，他倒觉得有点难为情起来了，踏上了一步，就只好借点因头来遮盖遮盖自己的那一种独立微吟的蠢相。

"小弟弟，要看姐妹山，应该是怎么样的走的？"

"只教沿着岸边，朝上直跑上去就对。"

"谢谢你。"

文朴说了这一句谢词，沿江在走向姐妹山去的中间，那少年还呆立在埠头的朝阳里，在默视着这位疯不象疯，痴不象痴的清瘦的中年人的背影。

一九三二年九月

原载一九三二年十一月一日《现代》第二卷第一期

迟桂花

××兄：

　　突然间接着我这一封信，你或者会惊异起来，或者你简直会想不出这发信的翁某是什么人。但仔细一想，你也不在做官，而你的境遇，也未见得比我的好几多倍，所以将我忘了的这一回事，或者是还不至于的，因为这除非是要贵人或境遇很好的人，才做得出来的事情。前两礼拜为了采办结婚的衣服家具之类，才下山去。有好久不上城里去了，偶尔去城里一看，真是像丁令威的化鹤归来，触眼新奇，宛如隔世重生的人。在一家书铺门口走过，一抬头就看见了几册关于你的传记评论之类的书。再踏进去一问，才知道你的著作竟积成了八九册之多了。将所有的你的和关于你的书全买将回来一读，仿佛是又接见了十余年不见的你那副音容笑语的样子。我忍不住了，一遍两遍的尽在翻读，愈读愈想和你通一次信，见一次面。但因这许多年数的不看报，不识世务，不亲笔砚的缘故，终于下了好几次决心，而仍不敢把这心愿来实现。现在好了，关于我的一切结婚的事情的准备，也已经料理到了十之七八，而我那年老的娘，又在打算着于明天一侵早就进城去，早就上床去躺下了。我那可怜的寡妹，也因为白天操劳过了度，这时候似乎也已经坠入了梦乡，所以我可以静静儿的来练这久未写作的笔，实现我这已经怀念了有半个多月的心愿了。

提笔写将下来，到了这里，我真不知将如何的从头写起。和你相别以后，不通闻问的年数，隔得这么的多，读了你的著作以后，心里头触起的感觉情绪，又这么的复杂，现在当这一刻的中间，汹涌盘旋在我脑里想和你谈谈的话，的确，不止像一部二十四史那么的繁而且乱，简直是同将要爆发的火山内层那么的热而且热，急遽寻不出一个头来。

我们自从房州海岸别来，到现在总也约莫有十多年光景了吧！我还记得那一天晴冬的早晨，你一个人立在寒风里送我上车回东京去的情形。你那篇《南迁》的主人公，写的是不是我？我自从那一年后，竟为这胸腔的恶病所压倒，与你再见一次面和通一封信的机会也没有，就此回国了。学校当然是中途退了学，连生存的希望都没有了的时候，哪里还顾得到将来的立身处世？哪里还顾得到身外的学艺修能？到这时候为止的我的少年豪气，我的绝大雄心，是你所晓得的。同级同乡的同学，只有你和我往来得最亲密。在同一公寓里同住得最长久的，也只有你一个人。时常劝我少用些功，多保养身体，预备将来为国家为人类致大用的，也就是你。每于风和日朗的晴天，拉我上多摩川上井之头公园及武藏野等近郊去散步闲游的，除你以外，更没有别的人了。那几年高等学校时代的愉快的生活，我现在只教一闭上眼，还历历透视得出来，看了你的许多初期的作品，这记忆更加新鲜了，我的所以愈读你的作品，愈想和你通一次信者，原因也就在这些过去的往事的追怀。这些都是你和我两人所共有的过去，我写也没有写得你那么好，就是不写你总也还记

得的，所以我不想再说。我打算详详细细向你来作一个报告的，就是从那年冬天回故乡以后的十几年光景的山居养病的生活情形。

那一年冬天咯了血，和你一道上房州去避寒，在不意之中，又遇见了那个肺病少女——是真砂子吧？连她的名字我都忘了，——无端惹起了那一场害人害己的恋爱事件，你送我回东京之后，住了一个多礼拜，我就回国来了。我们的老家在离城市有二十来里地的翁家山上，你是晓得的。回家住下，我自己对我的病，倒也没什么惊奇骇异的地方，可是我痰里的血丝，脸上的苍白，和身体的瘦削，却把我那已经守了好几年寡的老母急坏了，因为我那短命的父亲，也是患这同样的病而死去的。于是她就四处的去求神拜佛，采药求医，急得连粗茶淡饭都无心食用，头上的白发，也似乎一天一天的加多起来了。我哩！恋爱已经失败，学业也已中辍了，对于此生，原已没有多大的野心，所以就落得去由她摆布，积极地虽尽不得孝，便消极地尽了我的顺。初回家的一年中间，我简直门外也不出一步，各色各样的奇形的草药，和各色各样的异味的单方，差不多都尝了一个遍。但是怪得很，连我自己都满以为没有希望的这致命的病症，一到了回国后所经过的第二个春天，竟似乎有神助似的，忽然减轻了，夜热也不再发，盗汗也居然止住，痰里的血丝早就没有了；我的娘的喜欢，当然是不必说，就是在家里替我煮药缝衣，代我操作一切的我那位妹妹，也同春天的天气一样，时时展开了她的愁眉，露出了她那副特有的真真是讨人欢喜的笑容。到了初夏，我药也已经不服，有兴致的时候，居然也能够和她们一道上山前山后去采采茶，摘摘菜，帮她们去服一点小小的劳役了。是在这一年的——回家后第三年的——秋天，在我们家里，同时候发生了两件似喜而又可悲，说悲却也可喜的悲喜剧。第一，就是我那妹妹的出嫁，第二，就是我定在城里的那家婚约的解除。妹妹那年十九岁了，男家是只隔一支山岭的一家乡下的富家。他们来说亲的时候，原是因为我们祖上是世代读书的，总算是来和诗礼人家攀婚的意思。定亲已经定过了四五年了，起初我娘却嫌妹妹年纪太小，不肯马上准他们来迎娶，后来就因为我的病，一搁就又搁起了两三年。到了这一回，我的病总算已经恢复，而妹妹却早到了该结婚的年龄了，男家来一说，我娘也就应允了他们，也算完了她自己的一件心事，至于我的这家亲事呢，却是我父亲在死的前一年为我定下的，女家是城里的一家相当有名的旧家，那时候我的年纪虽还很小，而我们家里的不动产却着实还有一点可观。并且我又是一个长子，将来家里要培植我读书出世是无疑的，所以那一家旧家居然也应允了我的婚事。以现在的眼光看来，这门亲事，当然是我们去竭力高攀的，因为杭州人家的习俗，是吃粥的人家的女儿，非要去嫁吃饭的人家不可的。还有乡下姑娘，嫁往城里，倒是常事，城里的千金小姐，却不大会下嫁到乡下来的，所以当时的这个婚约，起初在根本上就有点儿不对。后来经我父亲的一死，我们家里，丧葬费用，就用去了不少。嗣后年复一年，母子三人，只吃着家里的死饭。亲族戚属，少不得又要对我们孤儿寡妇，时时加以一点剥削。母亲又忠厚无用，在出卖田地山场的时候，也不晓得市价的高低，大抵是任凭族人在从中勾搭。就因这种种关系的结果，到我考取了官费，上日本去留学的那一年，我们这一家世代读书的翁家山上的旧家，已经只剩得一点仅能维持衣食的住屋山场和几块荒田了。当我初次出国的时候，承蒙他们不弃，我那未来的亲家，还送了我些贶仪路肴。后来于冬假暑假回国的期间，也曾央原媒来催过完姻，可是接着就是我那致命的病症的发生，与我的学校的中辍，于是两三年中，他们和我们的中间，便自然而然的断绝了交往。到了这一年的晚秋，当我那妹妹嫁后不久的时候，女家忽而又央了原媒来对母亲说："你们的大少爷，有病在身，婚娶的事情，当然是不大相宜的，而他家的小姐，也已经下了绝大的决心，立志终身不嫁了，所以这一个婚约，还是解除了的好。"说着就打开包裹，将我们传红时候交去的金玉如意，红绿帖子等，拿了出来，退还了母亲。我

那忠厚老实的娘，人虽则无用，但面子却是死要的，一听了媒人的这一番说话，目瞪口僵，立时就滚下了几颗眼泪来。幸亏我在身边，做好做歹的对娘劝慰了好久，她才含着眼泪，将女家的回礼及八字全帖等检出，交还了原媒。媒人去后，她又上山后我父亲的坟边去大哭了一场，直到傍晚，我和同族邻人等一道去拉她回来，她在路上，还流着满脸的眼泪鼻涕，在很伤心地呜咽。这一出赖婚的怪剧，在我只有高兴，本来是并没有什么大不了的，可是由头脑很旧的她看来，却似乎是翁家世代的颜面家声，都被他们剥尽了。自此以后，一直下来，将近十年，我和她母子二人，就日日的寡言少笑，相对茕茕，直到前年的冬天，我那妹夫死去，寡妹回来为止，两人所过的，都是些在炼狱里似的沉闷的日子。

　　说起我那寡妹，她真也是前世不修。人虽则很大，身体虽则很强壮，但她的天性，却永远是一个天真活泼的小孩子。嫁过去那一年，来回郎的时候，她还是笑嘻嘻地如同上城里夫了一趟回来了的样子，但双满月之后，到年下边回来的时候，从来不晓得悲泣的她，竟对我母亲掉起眼泪来了。她们夫家的公公虽则还好，但婆婆的繁言齐啬，小姑的刻薄尖酸，和男人的放荡凶暴，使她一天到晚过不到一刻安闲自在的生活。工作操劳本系是她在家里的时候所习惯的，倒并不以为苦；所最难受的，却是多用一支火柴，也要受婆婆责备的那一种俭约到不可思议的生活状态。还有两位小姑，左一句尖话，右一句毒话，仿佛从前我娘的不准他们早来迎娶，致使他们的哥哥染上了游荡的恶习，在外面养起了女人，这一件事情，完全是我妹妹的罪恶。结婚之后，新郎的恶习，仍旧改不过来，反而是在城里他那旧情人家里过的日子多，在新房里过的日子少，这一笔账，当然又要写在我妹妹的身上。婆婆说她不会侍奉男人，小姑们说她不会劝不会骗。有时候公公看得难受，替她申辩一声，婆婆就尖着喉咙，要骂上公公的脸去："你这老东西！脸要不要，脸要不要，你这扒灰老！"因我那妹夫，过的是这一种不自然的生活，所以前年夏天，就染了急病死掉了，于是我那妹妹又多了一个克夫的罪名。妹妹年轻守寡，公公少不得总要对她客气一点，婆婆在这里就算抓住了扒灰的证据，三日一场吵，五日一场闹，还是小事，有几次在半夜里，两老夫妇还会大哭大骂的喧闹起来。我妹妹于有一回被骂被逼得特别厉害的争吵之后，就很坚决地搬回到了家里来住了。自从她回来之后，我娘非但得到了一个很大的帮手，就是我们家里的沉闷的空气，也缓和了许多。

这就是和你别后，十几年来，我在家里所过的生活的大概。平时非但不上城里去走走，当风雪盈途的冬季，我和我娘简直有好几个月不出门外的时候。我妹妹回来之后，生活又约略变过了。多年不做的焙茶事业，去年也竟出产了一二百斤。我的身体，经了十几年的静养，似乎也有一点把握了，从今年起我并且在山上的晏公祠里参加入了一个训蒙的小学，居然也做了一位小学教师。但人生是动不得的，稍稍一动，就如滚石下山，变化便要接连不断的簇生出来。我因为在教教书，而家里头又勉强地干起了一点事业，今年夏季，居然又有人来同我议婚了。新娘是近邻乡村里的一位老处女，今年二十七岁，家里虽称不得富有，可也是小康之家。这位新娘，因为从小就读了些书，曾在城里进过学堂，相貌也还过得去，——好几年前，我曾经在一处市场上看见她过一眼的，——故而高不凑，低不就，等闲便度过了她的锦样的青春。我在教书的学校里的那位名誉校长——也是我们的同族——本来和她是旧亲，所以这位校长，就在中间做了个传红线的媒人。我独居已经惯了，并且身体也不见得分外强健，若一结婚，难保得旧病的不会复发，故而对这门亲事当初是断然拒绝了的。可是我那年老的母亲，却仍是雄心未死，还在想我结一头亲，生下几个玉树芝兰来，好重振重振我们的这已经坠落了很久的家声，于是这亲事就又同当年生病的时候服草药一样，勉强地被压上我的身上来了。我哩，本来也已经入了中年了，百事原都看得很穿，又加以这十几年的疏散和无为，觉得在这

世上任你什么也没甚大不了的事情，落得随随便便的过去，横竖是来日也无多了，只叫我母亲喜欢的话，那就是我稍稍牺牲一点意见也使得。于是这婚议，就在很短的时间里，成熟得妥妥帖帖，现在连迎娶的日期也已经拣好了，是旧历九月十二。

是因为这一次的结婚，我才进城里去买东西，才发见了多年不见的你这老友的存在，所以结婚之日，我想请你来我这里吃喜酒，大家来谈谈过去的事情。你的生活，从你的日记和著作中看来，本来也是同云游的僧道一样的，让出一点工夫来，上这一区僻静的乡间来住几日，或者也是你所喜欢的事情。你来，你一定来，我们又可以回顾回顾一去而不复返的少年时代。

我娘的房里，有起响动来了，大约天总就快亮了吧。这一封信，整整地费了我一夜的时间和心血；通宵不睡，是我回国以后十几年来不曾有过的经验，你单只看取了我的这一点热忱，我想你也不好意思不来。

啊，鸡在叫了，我不想再写下去了，还是让我们见面之后，再来谈吧！

一九三二年九月 翁则生上

刚在北平住了个把月，重回到上海的翌日，和我进出的一家书铺里，就送了这一封挂号加邮托转交的厚信来。我接到了这信，捏在手里，起初还以为是一位我认识的作家，寄了稿子来托我代售的，但翻转信背一看，却是杭州翁家山的翁某某所发，我立时就想起了那位好学不倦，面容妩媚，多年不相闻问的旧同学老翁。他的名字叫翁矩，则生是他的小名。人生得短小娟秀，皮色也很白净，因而看起来总觉得比他的实际年龄要小五六岁。在我们的一班里，算他的年纪最小，操体操的时候，总是他立在最后的，但实际上他也只不过比我小了两岁。那一年寒假之后，和他去房州避寒，他的左肺炎，已经被结核菌损蚀得很厉害了。住不上几天，一位也住在那近边养肺病的日本少女，很热烈地和他要好了起来，结果是那位肺病少女的因兴奋而病剧，他也就同失了舵的野船似地迁回到了中国。以后一直十多年，我虽则在大学里毕了业，但关于他的消息，却一向还不曾听见有人说起过。拆开了这封长信，上书室去坐下，从头至尾细细读完之后，我呆视着远处，茫茫然如失了神的样子，脑子里也触起了许多感慨与回思。我远远的看出了他的那种柔和的笑容，听见了他的沉静而又清澈的声气。直到天将暗下去的时候，我一动也不动，还坐在那里呆想，而楼下的家人却来催吃晚饭了。在吃晚饭的中间，我就和家里的人谈起了这位老同学，将那封长信的内容约略说了一遍。家里的人，就劝我落得上杭州去旅行一趟，像这样的秋高气爽的时节，白白地消磨在煤烟灰土很深的上海，实在有点可惜，有此机会，落得去吃吃他的喜酒。

第二天仍旧是一天晴和爽朗的好天气，午后两点钟的时候，我已经到了杭州城站，再雇车上翁家山去了。但这一天，似乎是上海各洋行与机关的放假的日子，从上海来杭州旅行的人，特别的多。城站前面停在那里候客的黄包车，都被火车上下来的旅客雇走了，不得已，我就只好上一家附近的酒店去吃午饭。在吃酒的当中，问了问堂倌以去翁家山的路径，他便很详细地指示我说："你只叫坐黄包车到旗下的陈列所，搭公共汽车到四眼井下来走上去好了。你又没有行李，天气又这么的好，坐黄包车直去是不上算的。"

得到了这一个指教，我就从容起来了，慢慢的喝完了半斤酒，吃了两大碗饭，从酒店出来，便坐车到了旗下。恰好是三点前后的光景，湖六段的汽车刚载满了客人，要开出去。我到了四眼井下车，从山下稻田中间的一条石板路走进满觉陇去的时候，太阳已经平西到了三五十度斜角度的样子，是牛羊下来，行人归舍的时刻了。在满觉陇的狭路中间，果然遇见了许多中学校的远足归来的男女学生的队伍。上水乐洞口去坐下喝了一碗清茶，又拉住了一位农

夫，问了声翁则生的名字，他就晓得很详细似地告诉我说："是山上第二排的朝南的一家，他们那间楼房顶高，你一上去就可以看见的。则生要讨新娘子了，这几天他们正在忙着收拾。这时候则生怕还在晏公祠的学堂里哩。"

谢过了他的好意，付过了茶钱，我就顺着上烟霞洞去的石级，一步一步的走上了山去。渐走渐高，人声人影是没有了，在将暮的晴天之下，我只看见了许多树影。在半山亭里立住歇了一歇，回头向东南一望，看得见的，只是些青葱的山，和如云的树，在这些绿树丛中，又是些这儿几点，那儿一簇的屋瓦与白墙。

"啊啊，怪不得他的病会得好起来了，原来翁家山是在这样的一个好地方。"

烟霞洞我儿时也曾来过的，但当这样晴爽的秋天，于这一个西下夕阳东上月的时刻，独立在山中的空亭里，来仔细赏玩景色的机会，却还不曾有过。我看见了东天的已经满过半弓的月亮，心里正在羡慕翁则生他们老家的处地的幽深，而从背后又吹来了一阵微风，里面竟含满着一种说不出的撩人的桂花香气。

"啊……"

我又惊异了起来："原来这儿到这时候还有桂花？我在以桂花著名的满觉陇里，倒不曾看到，反而在这一块冷僻的山里面来闻吸浓香，这可真也是奇事了。"

这样的一个人独自在心中惊异着，闻吸着，赏玩着，我不知在那空亭里立了多少时候。突然从脚下树丛深处，却幽幽的有晚钟声传过来了；东嗡，东嗡地这钟声实在真来得缓慢而凄清，我听得耐不住了，拔起脚跟，一口气就走上了山顶，走到了那个山下农夫曾经教过我的烟霞洞西面翁则生家的近旁。约莫离他家还有半箭路远的时候，我一面喘着气，一面就放大了喉咙向门里面叫了起来："喂，老翁！老翁！则生！翁则生！"

听见了我的呼声，从两扇关在那里的腰门里开出来答应的，却不是被我所唤的翁则生自己，而是我从来也没有见过面的，比翁则生略高三五分的样子，身体强健，两颊微红，看起来约莫有二十四五的一位女性。

她开出了门，一眼看见了我，就立住脚惊疑似地略呆了一呆。同时我看见她脸上却涨起了一层红晕，一双大眼睛眨了几眨，深深地吞了一口气，她似乎已经镇静下去了，便很腼腆地对我一笑。在这一脸柔和的笑容里，我立时就看到了翁则生的面相与神气，当然她是则生的妹妹无疑了，走上了一步，我就也笑着问她说："则生不在家么？你是他的妹妹不是？"

听了我这一句问话，她脸上又红了一红，柔和地笑着，半俯了头，她方才轻轻地回答我说："是的，大哥还没有回家，你大约是上海来的客人吧？吃中饭的时候，大哥还在说哩！"

这沉静清澈的声气，也和翁则生的一色而没有两样。

"是的，我是从上海来的。"

我接着说："我因为想使则生惊骇一下，所以电报也不打一个来通知，接到他的信后，马上就动身来了。不过你们大哥的好日也太逼近了，实在可也没有写一封信来通知的时间余裕。"

"你请进来吧，坐坐吃碗茶，我马上去叫了他来，怕他听到了你来真要惊喜得像疯了一样哩。"

走上台阶，我还没有进门，从客堂后面的侧门里，却走出了一位头发雪白，面貌清癯，大约有六十内外的老太太来。她的柔和的笑容，也是和她的女儿儿子的笑容一色一样的。似乎已经听见了我们在门口所交换过的谈话了，她一开口就对我说："是郁先生么？为什么不写一封快信来通知？则生中上还在说，说你若要来，他打算进城上车站去接你去的。请坐，请坐，晏公祠只有十几步路，让我去叫他来吧，怕他真要高兴得像什么似的哩。"

说完了，她就朝向了女儿，吩咐她上厨下去烧碗茶来，她自己却踏着很平稳的脚步，走出大门，下台阶去通知则生去了。

"你们老太太倒还轻健得很。"

"是的，她老人家倒还好。你请坐吧，我马上沏了茶来。"

她上厨下去沏茶的中间，我一个人，在客堂里倒得了一个细细观察周围的机会。则生他们的住屋，是一间三开间而有后轩后厢房的楼房。前面阶沿外走落台阶，是一块可以造厅造厢楼的大空地。走过这块数丈见方的空地，再下两级台阶，便是村道了。越村道而下，再低数尺，又是一排人家的房子。但这一排房子，因为都是平屋，所以挡不杀翁则生他们家里的眺望。立在翁则生家的空地里，前山后山的山景，是依旧历历可见的。屋前屋后，一段一段的山坡上，都长着些不大知名的杂树，三株两株夹在这些杂树中间，树叶短狭，叶与细枝之间，满撒着锯末似的黄点的，却是木犀花树。前一刻在半山空亭里闻到的香气，源头原来就系出在这一块地方的。太阳似乎已下了山，澄明的光里，已经看不见日轮的金箭，而山脚下的树梢头，也早有一带晚烟笼上了。山上的空气，真静得可怜，老远老远的山脚下的村里，小儿在呼唤的声音，也清晰地听得出来。我在空地里立了一会，背着手又踱回到了翁家的客厅，向四壁挂在那里的书面一看，却使我想起了翁则生信里所说的事实。琳琅满目，挂在那里的东西，果然是件件精致，不像是乡下人家的俗恶的客厅。尤其使我看得有趣的，是陈豪写的一堂《归去来辞》的屏条，墨色的鲜艳，字迹的秀媚，有点像董香光而更觉柔媚。翁家的世代书香，只须上这客厅里来一看就可以知道了。我立在那里看字画还没有看得周全，忽而背后门外老远的就飞来了几声叫声："老郁！老郁！你来得真快！"

翁则生从小学校里跑回来了，平时总很沉静的他，这时候似乎也感到了一点兴奋。一走进客堂，他握住了我的两手，尽在喘气，有好几秒钟说不出话来。等落在后面的他娘走到的时候，三人才各放声大笑了起来，这时候他妹妹也已经将茶烧好，在一个朱漆盘里放着三碗搬出来摆上桌子来了。

"你看，则生这小孩，他一听见我说你到了，就同猴子似的跳回来了。"

他娘笑着对我说。

"老翁！说你生病生病，我看你倒仍旧不见得衰老得怎么样，两人比较起来，怕还是我老得多哩？"

我笑说着，将脸朝向了他的妹妹，去征她的同意，她笑着不说话，只在守视着我们的欢喜笑乐的样子。则生把头一扭，向他娘指了一指，就接着对我说："因为我们的娘在这里，所以我不敢老下去呀。并且媳妇儿也还不曾娶到，一老就得做老光棍了，那还了得！"

经他这么一说，四个人重又大笑起来了，他娘的老眼里几乎笑出了眼泪。则生笑了一会，就重新想起了似的替他妹妹介绍说："这是我的妹妹，她的事情，你大约是晓得的吧？我在那信里是写得很详细的。"

"我们可不必你来介绍了。我上这儿来，头一个见到的就是她。"

"噢，你们倒是有缘啊！莲，你猜这位郁先生的年纪，比我大呢，还是比我小？"

他妹妹听了这一句话，面色又涨红了，正在嗫嚅困惑的中间，她娘却止住了笑，问我说："郁先生，大约是和则生上下年纪吧？"

"哪里的话，我要比他大得多哩。"

"娘，你看还是我老呢，还是他老？"

则生又把这问题转向了他的母亲。他娘仔细看了我一眼，就对他笑骂般的说："自然是郁先生来得老成稳重，谁更像你那样的不脱小孩子脾气呢！"

说着，她就走近了身边，举起茶碗来请我喝茶。我接过来喝了一口，在茶里又闻到了一种实在是令人欲醉的桂花香气。掀开了

茶碗盖。我俯首向碗里一看，果然在绿莹莹的茶水里散点着有一粒一粒的金黄的花瓣。则生以为我在看茶叶，自己拿起了一碗喝了一口，他就对我说："这茶叶是我们自己制的，你说怎么样？"

"我并不在看茶叶，我只觉得这触鼻的桂花香气，实在可爱得很。"

"桂花吗？这茶叶里的还是第一次开的早桂，现在在开的迟桂花，才有味哩！因为开得迟，所以日子也经得久。"

"是的是的，我一路上走来，在以桂花著名的满觉陇里，倒闻不着桂花的香气。看看两旁的树上，都只剩了一簇一簇的淡绿的桂花托子了，可是到了这里，却同做梦似的，所闻吸的尽是这种浓艳的气味。老翁，你大约是已经闻惯了，不觉得什么吧？我……我……"

说到了这里，我自家也忍不住笑了起来。则生尽管在追问我"你怎么样？你怎么样？"到了最后，我也只好说了。

"我，我闻了，似乎要起性欲冲动的样子。"

则生听了，马上就大笑了起来，他的娘和妹妹虽则并没有明确地了解我们的说话的内容，但也晓得我们是在说笑话，母女俩便含着微笑，上厨下去预备晚饭去了。

我们两人在客厅上谈谈笑笑，竟忘记了点灯，一道银样的月光，从门里洒进来。则生看见了月亮，就站起来想去拿煤油灯，我却止住了他，说："在月光底下清淡，岂不是很好么？你还记不记得起，那一年在井之头公园里的一夜游行？"

所谓那一年者，就是翁则生患肺病的那一年秋天。他因为用功过度，变成了神经衰弱症。有一天，他课也不去上，竟独自一个在公寓里发了一天的疯。到了傍晚，他饭也不吃，从公寓里跑出去了。我接到了公寓主人的注意，下学回来，就远远的在守视着他，看他走出了公寓，就也追踪着他，远远地跟他一道到了井之头公园。从东京到井之头公园去的高架电车，本来是有前后的两乘，所以在电车上，我和他并不遇着。直到下车出车站之后，我假装无意中和他冲见了似的同他招呼了。他红着双颊，问我这时候上这野外来干什么，我说是来看月亮的，记得那一晚正是和这天一样地有月亮的晚上。两人笑了一笑，就一道的在井之头公园的树林里走到了夜半方才回来。后来听他的自白，他是在那一天晚上想到井之头公园去自杀的，但因为遇见了我，谈了半夜，胸中的烦闷，有一半消散了，所以就同我一道又转了回来。"无限胸中烦闷事，一宵清话又成空！"他自白的时候，还念出了这两句诗来，借作解嘲。以后他就因伤风而发生了肺炎，肺炎愈后，就一直的为结核菌所压倒了。

谈了许多怀旧话后，话头一转，我就提到了他的这一回的喜事。

"这一回的喜事么？我在那信里也曾和你说过。"

谈话的内容，一从空想追怀转向了现实，他的声气就低了下去，又回复了他旧日的沉静的态度。

"在我是无可无不可的，对这事情最起劲的，倒是我的那位年老的娘。这一回的一切准备麻烦，都是她老人家在替我忙的。这半个月中间，她差不多日日跑城里。现在是已经弄得完完全全，什么都预备好了，明朝一早，就要来搭灯彩，下午是女家送嫁妆来，后天就是正日。可是老郁，有一件事情，我觉得很难受，就是莲儿——这是我妹妹的小名——近来，似乎是很不高兴的样子；她话虽则不说，但因为她是很天真的缘故，所以在态度上表情上处处我都看得出来。你是初同她见面，所以并不觉得什么，平时她着实要活泼哩，简直活泼得同现代的那些共产女郎一样，不过她的活泼是天性的纯真，而那些现代女郎，却是学来的时髦。……按说哩，这心绪的恶劣，也是应该的，她虽则是一个纯真的小孩子，但人非木石，究竟总有一点感情，看到了我们这里的婚事热闹，无论如何，总免不得要想起她自己的身世凄凉的。并且还有一个最重要的动

机，仿佛是她在觉得自己以后的寄身无处。这儿虽是娘家，但她却是已经出过嫁的女儿了，哥哥讨了嫂嫂，她还有什么权利再寄食在娘家呢？所以我当这婚事在谈起的当初，就一次两次的对她说过了，不管她怎样，她总是我的妹妹，除非她要再嫁，则没有说话，要是不然的话，那她是一辈子有和我同居，和我对分财产的权利的，请她千万不要自己感到难过。这一层意思，她原也明白，我的性情，她是晓得的，可是不晓得怎么，她近来似乎总有点不大安闲的样子。你来得正好，顺便也可以劝劝她。并且明天发嫁妆结灯彩之类的事情，怕她看了又要想到自己的身世，我想明朝一早就叫她陪你出去玩去，省得她在家里一个人在暗中受苦。"

"那好极了，我明天就陪她出去玩一天回来。"

"那可不对，假使是你陪她出去玩的话，那是形迹更露，愈加要使她难堪了。非要装做是你要她去作陪不行。仿佛是你想出去玩，但我却没有工夫陪你，所以只好勉强请她和你一道出去。要这样，她才安逸。"

"好，好，就这么办，明天我要她陪我去逛五云山去。"

正谈到了这里，他的那位老母从客室后面的那扇侧门里走出来了，看到了我们的坐在微明灰暗的客室里谈天，她又笑了起来说："十几年不见的一段总账，你们难道想在这几刻工夫里算它清来么？有什么谈得那么起劲，连灯都忘了点一点？则生，你这孩子真像是疯了，快立起来，把那盏保险灯点上。"

说着她又跑回到了厨下，去拿了一盒火柴出来。则生爬上桌子，在点那盏悬在客室正中的保险灯的时候，她就问我吃晚饭之先，要不要喝酒。则生一边在点灯，一边就从肩背上叫他娘说："娘，你以为他也是肺痨病鬼么？郁先生是以喝酒出名的。"

"那么你快下来去开坛去吧，今天挑来的那两坛酒，不晓得好不好，请郁先生尝尝看。"

他娘听了他的话后，就也昂起了头，一面在看他点灯，一面在

121

催他下来去开酒去。

"幸而是酒，请郁先生先尝一尝新，倒还不要紧，要是新娘子，那可使不得。"

他笑说着从桌子上跳了下来，他娘眼睛望着了我，嘴唇却朝着了他啐了一声说："你看这孩子，说话老是这样不正经的！"

"因为他要做新郎官了，所以在高兴。"

我也笑着对他娘说了一声，旋转身就一个人踱出了门外，想看一看这翁家山的秋夜的月明，屋内且让他们母子俩去开酒去。

月光下的翁家山，又不相同了。从树枝里筛下来的千条万条的银线，像是电影里的白天的外景。不知躲在什么地方的许多秋虫的鸣唱，骤听之下，满以为在下急雨。白天的热度，日落之后，忽然收敛了，于是草木很多的这深山顶上，就也起了一层白茫茫的透明雾障。山上电灯线似乎还没有接上，远近一家一家看得见的几点煤油灯光，仿佛是大海湾里的渔灯野火。一种空山秋夜的沉默的感觉，处处在高压着人，使人肃然会起一腔畏敬之思。我独立在庭前的月光亮里看不上几分钟，心里就有点寒辣辣的怕了起来；回身再走回客室，酒菜杯筷，都已热气蒸腾的摆好在那里候客了。

四个人当吃晚饭的中间，则生又说了许多笑话。因为在前回听取了一番他所告诉我的衷情之后，我于举酒杯的瞬间，偷眼向他妹妹望望，觉得在她的柔和的笑脸上，的确似乎是有一种说不出的悲寂的表情流露在那里的样子。这一餐晚饭，吃尽了许多时间，我因为白天走路走得不少，而谈话之后又感到了一点兴奋，肚子有点饿了，所以酒和菜，竟吃得比平时要多一倍。到了最后将快吃完的当儿，我就向则生提出说："老翁，五云山我倒还没有去玩过，明天你可不可以陪我一道去玩一趟？"

则生仍复以他的那种滑稽的口吻回答我说："到了结婚的前一日，新郎官哪里走得开呢，还是改天再去吧，等新娘子来了之后，让新郎新妇抬了你去烧香，也还不迟。"

我却仍复主张着说，明天非去不行。则生就说："那么替你去叫一顶轿子来，你坐了轿子去，横竖是明天轿夫会来的。"

"不行不行，游山玩水，我是喜欢走的。"

"你认得路么？"

"你们这一种乡下的僻路，我哪里会认得呢？"

"那就怎么办呢？……"

则生抓着头皮，脸上露出了一脸为难的神气。停了一二分钟，他就举目向他的妹妹说："莲！你怎么样？你是一位女豪杰，走路又能走，地理又熟悉，你替我陪了郁先生去怎么样？"

他妹妹也笑了起来，举起眼睛来向她娘看了一眼。接着她娘就说："好的，莲，还是你陪了郁先生去吧，明天你大哥是走不开的。"

我一看她脸上的表情，似乎已经有了答应的意思了，所以又追问了她一声说："五云山可着实不近哩，你走得动的么？回头走到半路，要我来背，那可办不到。"

她听了这话，就真同从心坎里笑出来的一样笑着说："别说是五云山，就是老东岳，我们也一天要往返两次哩。"

从她的红红的双颊，挺突的胸脯，和肥圆的肩背看来，这句话也决不是她夸的大口。吃完晚饭，又谈了一阵闲天，我们因为明天各有忙碌的操作在前，所以一早就分头到房里去睡了。

山中的清晓，又是一种特别的情景。我因为昨天夜里多喝了一点酒，上床去一睡，就同大石头掉下海里似的一直就酣睡到了天明。窗外面吱吱唧唧的鸟声喧噪得厉害，我满以为还是夜半，月明将野鸟惊醒了，但睁开眼掀开帐子来一望，窗内窗外已饱浸着晴天爽朗的清晨光线，窗子上面的一角，却已经有一缕朝阳的红箭射到了。急忙滚出了被窝，穿起衣服，跑下楼去一看，他们母子三人，也已梳洗得妥妥服服，说是已经在做了个把钟头的事情之后，平常他们总是于五点钟前后起床的。这一种日出而作，日入而息的山中住民的生活秩序，又使我对他们感到了无穷的敬意。四人一道吃过了早餐，我和则生的妹妹，就整了一整行装，预备出发。临行之际，他娘又叫我等一下子，她很迅速地跑上楼上去取了一支黑漆手杖下来，说，这是则生生病的时候用过的，走山路的时候，用它来撑扶撑扶，气力要省得多。我谢过了她的好意，就让则生的妹妹上前带路，走出了他们的大门。

早晨的空气，实在澄鲜得可爱。太阳已经升高了，但它的领域，还只限于屋檐，树梢，山顶等突出的地方。山路两旁的细草上，露水还没有干，而一味清凉触鼻的绿色草气，和入在桂花香味之中，闻了好像是宿梦也能摇醒的样子。起初还在翁家山村内走着，则生的妹妹，对村中的同姓，三步一招呼，五步一立谈的应接得忙不暇给。走尽了这村子的最后一家，沿了入谷的一条石板路走上下山路的时候，遇见的人也没有了，前面的眺望，也转换了一个样子。朝我们去的方向看去，原又是冈峦的起伏和别墅的纵横，但稍一住脚，掉头向东面一望，一片同呵了一口气的镜子似的湖光，却躺在眼下了。远远从两山之间的谷顶望去，并且还看得出一角城里的人家，隐约藏躲在尚未消尽的湖雾当中。

我们的路先朝西北，后又向西南，先下了山坡，后又上了山背。因为今天有一天的时间，可以供我们消磨，所以一离了村境，我就走得特别的慢，每这里看看，那里看看的看个不住。若看见了一件稍可注意的东西，那不管它是风景里的一点一堆，一山一水，或植物界的一草一木与动物界的一鸟一虫，我总要拉住了她，寻根究底的问得她仔仔细细。说也奇怪，小时候只在村里的小学校里念过四年书的她，——这是她自己对我说的，——对于我所问的东西，却没有一样不晓得的。关于湖上的山水古迹，庙宇楼台哩，那还不要去管它，大约是生长在西湖附近的人，个个都能够说出一个大概来的，所以她的知道得那么详细，倒还在情理之中，但我觉得最奇怪的，却是她的关于这西湖附近的区域之内的种种动植物的知识。无论是如何小的一只鸟，一个虫，一株草，一棵树，她非但各能把它们的名字叫出来，并且连几时孵化，几时他迁，几时鸣叫，几时脱壳，或几时开花，几时结果，花的颜色如何，果的味道如何等，都说得非常有趣而详尽，使我觉得仿佛是在读一部活的桦候脱的《赛儿鹏自然史》（G. White's《Natural History and Antiquities of Selborne》）。而桦候脱的书，却决没有叙述得她那么朴质自然而富于刺激，因为听听她那种舒徐清澈的语气，看看她那一双天生成像饱使过耐吻胭脂棒般的红唇，更加上以她所特有的那一脸微笑，在知的分子之外还不得不添一种情的成分上去，于书的趣味之上更要兼一层人的风韵在里头。我们慢慢的谈着天，走着路，不上一个钟头的光景，我竟恍恍惚惚，像又回复了青春时代似的完全为她迷倒了。

她的身体，也真发育得太完全，穿的虽是一件乡下裁缝做的不大合式的大绸夹袍，但在我的前面一步一步的走去，非但她的肥突的后部，紧密的腰部，和斜圆的胫部的曲线，看得要簇生异想，就是她的两只圆而且软的肩脯，多看一歇，也要使我贪鄙起来。立在她的前面和她讲话哩，则那一双水汪汪的大眼，那一个隆正的尖鼻，那一张红白相间的椭圆嫩脸，和因走路走得气急，一呼一吸涨落得特别快的那个高突的胸脯，又要使我恼杀。还有她那一头不曾剪去的黑发哩，梳的虽然是一个自在的懒髻，但一映到了她那个圆而且白的额上，和短而且腴的颈标，看起来，又格外的动人。总之，我在昨天晚上，不曾在她身上发见的康健和自然的美点，今天因这一回的游山，完全被我观察到了。此外我又在她的谈话之中，证实了翁则生也和我曾经讲到过的她的生性的活泼与天真。譬如我问她今年几岁了？她说，二十八岁。我说这真看不出，我起初还以为你只有二十三四岁，她说，女人不生产是不大会老的。我又问她，对于则生这一回的结婚，你有点什么感触？她说，另外也没有什么，不过以后长住在娘家，似乎有点对不起大哥和大嫂。像这一

郁达夫 小说精【第三辑】

125

类的纯粹真率的谈话，我另外还听取了许多许多，她的朴素的天性，真真如翁则生之所说，是一个永久的小孩子的天性。

爬上了龙井狮子峰下的一处平坦的山顶，我于听了一段她所讲的如何的栽培茶叶，如何的摘取焙烘，与那时候的山家生活的如何紧张而有趣的故事之后，便在路旁的一块大岩石上坐下了。遥对着在晴天下太阳光里躺着的杭州城市，和近水遥山，我的双眼只凝视着苍空的一角，有半晌不曾说话。一边在我的脑里，却只在回想着德国的一位名延生（Jensen）的作家所著的一部小说《野紫薇爱立喀》（《Die Braune Erika》）。这小说后来又有一位英国的作家哈特生（Hudson）摹仿了，写了一部《绿阴》（《Green Mansions》）。两部小说里所描写的，都是一个极可爱的生长在原野里的天真的女性，而女主人公的结果后来都是不大好的。我沉默着痴想了好久，她却从我背后用了她那只肥软的右手很自然地搭上了我的肩膀。

"你一声也不响的在那里想什么？"

我就伸上手去把她的那只肥手捏住了，一边就扭转了头微笑着看入了她的那双大眼，因为她是坐在我的背后的。我捏住了她的手又默默对她注视了一分钟，但她的眼里脸上却丝毫也没有羞惧兴奋的痕迹出现，她的微笑，还依旧同平时一点儿也没有什么的笑容一样。看了我这一种奇怪的形状，她过了一歇，反又很自然的问我说："你究竟在那里想什么？"

倒是我被她问得难为情起来了，立时觉得两颊就潮热了起来。先放开了那只被我捏住在那儿的她的手，然后干咳了两声，最后我就鼓动了勇气，发了一声同被绞出来似的答语："我……我在这儿想你！"

"是在想我的将来如何的和他们同住么？"

她的这句反问，又是非常的率真而自然，满以为我是在为她设想的样子。我只好沉默着把头点了几点，而眼睛里却酸溜溜的觉得

有点热起来了。

　　"啊，我自己倒并没有想得什么伤心，为什么，你，你却反而为我流起眼泪来了呢？"

　　她像吃了一惊似的立了起来问我，同时我也立起来了，且在将身体起立的行动当中，乘机试去了我的眼泪。我的心地开朗了，欲情也净化了，重复向南慢慢走上岭去的时候，我就把刚才我所想的心事，尽情告诉了她。我将那两部小说的内容讲给了她听，我将我自己的邪心说了出来，我对于我刚才所触动的那一种自己的心情，更下了一个严正的批判，末后，便这样的对她说："对于一个洁白得同白纸似的天真小孩，而加以玷污，是不可赦免的罪恶。我刚才的一念邪心，几乎要使我犯下这个大罪了。幸亏是你的那颗纯洁的心，那颗同高山上的深雪似的心，却救我出了这一个险。不过我虽则犯罪的形迹没有，但我的心，却是已经犯过罪的。所以你要罚我的话，就是处我以死刑，我也毫无悔恨。你若以为我是那样卑鄙，而将来永没有改善的希望的话，那今天晚上回去之后，向你大哥母亲，将我的这一种行为宣布了也可以。不过你若以为这是我的一时糊涂，将来是永也不会再犯的话，那请你相信我的誓言，以后请你当我做你大哥一样那么的看待，你若有急有难，有不了的事情，我总情愿以死来代替着你。"

　　当我在对她做这些忏悔的时候，两人起初是慢慢在走的，后来又在路旁坐下了。说到了最后的一节，倒是她反同小孩子似的发着抖，捏住了我的两手，倒入了我的怀里，呜呜咽咽的哭了起来。我等她哭了一阵之后，就拿出了一块手帕来替她揩干了眼泪，将我的嘴唇轻轻地搁到了她的头上。两人偎抱着沉默了好久，我又把头俯了下去，问她，我所说的这段话的意思，究竟明白了没有。她眼看着了地上，把头点了几点。我又追问了她一声："那么你承认我以后做你的哥哥了不是？"

　　她又俯视着把头点了几点，我撒开了双手，又伸出去把她的头捧了起来，使她的脸正对着了我。对我凝视了一会，她的那双泪珠还没有收尽的水汪汪的眼睛，却笑起来了。我乘势把她一拉，就同她挽着手并立了起来。

"好，我们是已经决定了，我们将永久地结作最亲爱最纯洁的兄妹。时候已经不早了，让我们快一点走，赶上五云山去吃午饭去。"

我这样说着，挽着她向前一走，她也恢复了早晨刚出发的时候的元气，和我并排着走向了前面。

两人沉默着向前走了几十步之后，我侧眼向她一看，同奇迹似地忽而在她的脸上看出了一层一点儿忧虑也没有的满含着未来的希望和信任的圣洁和光耀来。这一种光耀，却是我在这一刻以前的她的脸上从没有看见过的。我愈看愈觉得对她生起敬爱的心思来了，所以不知不觉，在走路的当中竟接连着看了她好几眼。本来只是笑嘻嘻地在注视着前面太阳光里的五云山的白墙头的她，因为我的脚步的迟乱，似乎也感觉到了我的注意力的分散了，将头一侧，她的双眼，却和我的视线接成了两条轨道。她又笑起来了，同时也放慢了脚步。再向我看了一眼，她才腼腆地开始问我说："那我以后叫你什么呢？"

"你叫则生叫什么，就叫我也叫什么好了。"

"那么——大哥！"

大哥的两字，是很急速的紧连着叫出来的，听到了我的一声高声的"啊"的应声之后，她就涨红了脸，撒开了手，大笑着跑上前面去了。一面跑，一面她又回转头来，"大哥！""大哥！"的接连叫了我好几声。等我一面叫她别跑，一面我自己也跑着追上了她背后的时候，我们的去路已经变成了一条很窄的石岭，而五云山的山顶，看过去也似乎是很近了。仍复回复了平时的脚步，两人分着前后，在那条窄岭上缓步的当中，我才觉得真真是成了他的哥哥的样子，满含着了慈爱，很正经地吩咐她说："走得小心，这一条岭

多么险啊！"

走到了五云山的财神殿里，太阳刚当正午，庙里的人已经在那里吃中饭了。我们因为在太阳底下的半天行路，口已经干渴得像旱天的树木一样；所以一进客堂去坐下，就叫他们先起茶来，然后再开饭给我们吃。洗了一个手脸，喝了两三碗清茶，静坐了十几分钟，两人的疲劳兴奋，都已平复了过去，这时候饥饿却抬起头来了，于是就又催他们快点开饭。这一餐只我和她两人对食的五云山上的中餐，对于我正敌得过英国诗人所幻想着的亚力山大王的高宴，若讲到心境的满足，和谐，与食欲的高潮亢进，那恐怕亚力山大王还远不及当时的我。

吃过午饭，管庙的和尚又领我们上前后左右去走了一圈。这五云山，实在是高，立在庙中阁上，开窗向东北一望，湖上的群山，都像是青色的土堆了。本来西湖的山水的妙处，就在于它的比舞台上的布景又真实伟大一点，而比各处的名山大川又同盆景似的整齐渺小一点这地方。而五云山的气概，却又完全不同了。以其山之高与境的僻，一般脚力不健的游人是不会到的，就在这一点上，五云山已略备着名山的资格了，更何况前面远处，蜿蜒盘曲在青山绿野之间的，是一条历史上也着实有名的钱塘江水呢？所以若把西湖的山水，比作一只锁在铁笼子里的白熊来看，那这五云山峰与钱塘江水，便是一只深山的野鹿。笼里的白熊，是只能满足满足胆怯无力者的冒险雄心的，至于深山的野鹿，虽没有高原的狮虎那么雄壮，但一股自由奔放之情，却可以从它那里摄取得来。

我们在五云山的南面，又看了一会钱塘江上的帆影与青山，就想动身上我们的归路了，可是举起头来一望，太阳还在中天，只西偏了没有几分。从此地回去，路上若没有耽搁，是不消两个钟头，就能到翁家山上的；本来是打算出来把一天光阴消磨过去的我们，回去得这样的早，岂不是辜负了这大好的时间了么？所以走到了五云山西南角的一条狭路边上的时候，我就又立了下来，拉着了她的手亲亲热热地问了她一声："莲，你还走得动走不动？"

"起码三十里路总还可以走的。"

她说这句话的神气，是富有着自信和决断，一点也不带些夸张卖弄的风情，真真是自然到了极点，所以使我看了不得不伸上手去，向她的下巴底下拨了一拨。她怕痒，缩着头颈笑起来了，我也笑开了大口，对她说："让我们索性上云栖去吧！这一条是去云栖的便道，大约走下去，总也没有多少路的，你若是走不动的话，我可以背你。"

两人笑着说着，似乎只转瞬之间，已经把那条狭窄的下山便道走尽了大半了。山下面尽是些绿玻璃似的翠竹，西斜的太阳晒到了这条坞里，一种又清新又寂静的淡绿色的光同清水一样，满浸在这附近的空气里在流动。我们到了云栖寺里坐下，刚喝完了一碗茶，忽面前面的大殿上，有嘈杂的人声起来了，接着就走进了两位穿着分外宽大的黑布和尚衣的老僧来，知客僧便指着他们夸耀似的对我们说："这两位高僧，是我们方丈的师兄，年纪都快八十岁了，是从城里某公馆里回来的。"

城里的某巨公，的确是一位佞佛的先锋，他的名字，我本系也听见过的，但我以为同和尚来谈这些俗天，也不大相称，所以就把话头扯了开去，问和尚大殿上的嘈杂的人声，是为什么而起的。知客僧轻鄙似的笑了一笑说："还不是城里的轿夫在敲酒钱？轿钱是公馆里付了来的，这些穷人心实在太凶。"

这一个伶俐世俗的知客僧的说话，我实在听得有点厌起来了，所以就要求他说："你领我们上寺前寺后去走走吧？"

我们看过了"御碑"及许多石刻之后，穿出大殿，那几个轿夫还在咕噜着没有起身，我一半也觉得走路走得太多了，一半也想给那个知客僧以一点颜色看看，所以就走了上去对轿夫说："我给你们两块钱一个人，你们抬我们两人回翁家山去好不好？"

轿夫们喜欢极了，同打过吗啡针后的鸦片嗜好者一样，立刻将

态度一变，变得有说有笑了。

知客僧又陪我们到了寺外的修竹丛中，我看了竹上的或刻或写在那里的名字诗句之类，心里倒有点奇怪起来，就问他这是什么意思。于是他也同轿夫他们一样，笑眯眯地对我说了一大串话。我听了他的解释，倒也觉得非常有趣，所以也就拿出了五圆纸币，递给了他，说："我们也来买两枝竹放放生吧！"

说着我就向立在我旁边的她看了一眼，她却正同小孩子得到了新玩意儿还不敢去抚摸的一样，微笑着靠近了我的身边轻轻地问我："两枝竹上，写什么名字好？"

"当然是一枝上写你的，一枝上写我的。"

她笑着摇摇头说："不好，不好，写名字也不好，两个人分开了写也不好。"

"那么写什么呢？"

"只叫把今天的事情写上去就对。"

我静立着想了一会，恰好那知客僧向寺里去拿的油黑和笔也已经拿到了。我拣取了两株并排着的大竹，提起笔来，就各写上了"郁翁兄妹放生之竹"的八个字。将年月日写完之后，我搁下了笔，回头来问她这八个字怎么样，她真像是心花怒放似的笑着，不说话而尽在点头。在绿竹之下的这一种她的无邪的憨态，又使我深深地，深深地受到了一个感动。

坐上轿子，向西向南的在竹荫之下走了六七里坂道，出梵村，到闸口西首，从九溪口折入九溪十八涧的山坳，登杨梅岭，到南高峰下的翁家山的时候，太阳已经悬在北高峰与天竺山的两峰之间了。他们的屋里，早已挂上了满堂的灯彩，上面的一对红灯，也已经点尽了一半的样子。嫁妆似乎已经在新房里摆好，客厅上看热闹的人，也早已散了。我们轿子一到，则生和他的娘，就笑着迎了出来，我付过轿钱，一跻进门槛，他娘就问我说："早晨拿出去的那支手杖呢？"

　　我被她一问，方才想起，便只笑着摇摇头对她慢声的说："那一支手杖么——做了我的祭礼了。"

　　"做了你的祭礼？什么祭礼？"

　　则生惊疑似地问我。

　　"我们在狮子峰下，拜过天地，我已经和你妹妹结成了兄妹了。那一支手杖，大约是忘记在那块大岩石的旁边的。"

　　正在这个时候，先下轿而上楼去换了衣服下来的他的妹妹，也嬉笑着，走到了我们的旁边。则生听了我的话后，就也笑着对他的妹妹说："莲，你们真好！我们倒还没有拜堂，而你和老郁，却已经在狮子峰拜过天地了，并且还把我的一支手杖忘掉，作了你们的祭礼。娘！你说这事情应该怎么罚罚他们？"

　　经他这一说，说得大家都笑了起来，我也情愿自己认罚，就认定后日馈房，算做是我一个人的东道。

　　这一晚翁家请了媒人，及四五个近族的人来吃酒，我和新郎官，在下面奉陪。做媒人的那位中老乡绅，身体虽则并不十分肥胖，但相貌态度，却也是很裕富的样子。我和他两人干杯，竟干满了十八九杯。因酒有点微醉，而日里的路，也走得很多，所以这一晚睡得比前一晚还要沉熟。

　　九月十二的那一天结婚正日，大家整整忙了一天。婚礼虽系新旧合参的仪式，但因两家都不喜欢铺张，所以百事也还比较简单。午后五时，新娘轿到，行过礼后，那位好好先生的媒人硬要拖我出来，代表来宾，说几句话。我推辞不得，就先把我和则生在日本念书时候的交情说了一说，末了我就想起了则生同我说的迟桂花的好处，因而就抄了他的一段话来恭祝他们："则生前天对我说，桂花开得愈迟愈好，因为开得迟，所以经得日子久，现在两位的结婚，比较起平常的结婚年龄来，似乎是觉得大一点了，但结婚结得迟，日子也一定经得久。明年迟桂花开的时候，我一定还要上翁家山来。我预先在这儿计算，大约明年来的时候，在这两株迟桂花的中

间，总已经有一枝早桂花发出来了。我们大家且等着，等到明年这个时候，再一同来吃他们的早桂的喜酒。"

说完之后，大家就坐拢来吃喜酒。猜猜拳，闹闹房，一直闹到了半夜，各人方才散去。当这一日的中间，我时时刻刻在注意着偷看则生的妹妹的脸色，可是则生所说而我也曾看到过的那一种悲寂的表情，在这一日当中却终日没有在她的脸上流露过一丝痕迹。这一日，她笑的时候，真是乐得难耐似的完全是很自然的样子。因了她的这一种心情的反射的结果，我当然可以不必说，就是则生和他的母亲，在这一日里，也似乎是愉快到了极点。

因为两家都喜欢简单成事的缘故，所以三朝回郎等繁缛的礼节，都在十三那一天白天行完了，晚上馈房，总算是我的东道。则生虽则很希望我在他家里多住几日，可以和他及他的妹妹谈谈笑笑。但我一则因为还有一篇稿子没有做成，想另外上一个更僻静点的地方去做文章，二则我觉得我这一次吃喜酒的目的也已经达到了，所以在馈房的翌日，就离开翁家山去乘早上的特别快车赶回上海。

送我到车站的，是翁则生和他的妹妹两个人。等开车的警笛将吹而火车的机关头上在吐白烟的时候，我又从车窗里伸出了两手，一只捏着了则生，一只捏着了他的妹妹，很重很重的捏了一回。汽笛鸣后，火车微动了，他们兄妹俩又随车前走了许多步，我也俯出了头，叫他们说："则生！莲！再见，再见！但愿得我们都是迟桂花！"

火车开出了老远老远，月台上送客的人都回去了，我还看见他们兄妹俩直立在东面月台篷外的太阳光里，在向我挥手。

一九三二年十月在杭州写

读者注意！这小说中的人物事迹，当然都是虚拟的，请大家不要误会。

作者附注

祈　愿

　　窗外头在下如拳的大雪，埋在北风静默里的这北国的都会，仿佛是在休息它的一年来的烦剧，现在已经沉睡在深更的暗夜里了。

　　室内的电灯，虽在发放异样的光明，然而桌上的残肴杯碗，和老婢的来往收拾的迟缓的行动，没有一点不在报这深更寒夜的萧条。前厅里的孩子们，似乎也倦了。除了一声两声，带着倦怠的话声外，一点儿生气也没有。我躺在火炉前的安乐椅上，嘴里虽在吸烟，但眼睛却早就想闭合拢去。银弟老是不回来，在这寒夜里叫条子的那几个好奇的客人，我心里真有点恨他们。

　　银弟的母亲出去打电话去了，去催她回来了，这明灯照着的前厢房里，只剩了孤独的我和几阵打窗的风雪的声音。

　　"……沉索性沉沉到底，……试看看酒色的迷力究竟有几多，……横竖是在出发以前，是在实行大决心以前，……但是但是……这可怜的银弟，……她也何苦来，她仿佛还不自觉到自己不

过是我的一种Caprice的试验品……然而这一种Caprice又是从何而起的呢？啊啊孤独，孤独，这陪伴着人生的永远的孤独！……"

当时在我的朦胧的意识里回翔着的思考，不外乎此。忽而前面对着院子的旁门开了，电光射了出去，光线里照出了许多雪片来。头上肩上，点缀着许多雪片，银弟的娘，脸上装着一脸苦笑，进来哀求似的告我说："广寒仙馆怡情房里的客人在发脾气，说银弟的架子太大，今晚上是不放她回来了。"

我因为北风雨雪，在银弟那里，已经接连着住了四晚了，今晚上她不回来，倒也落得干净，好清清静静的一个人睡它一晚。但是想到前半夜广寒仙馆来叫的时候，银弟本想托病不去，后来经我再三的督促，她才拖拖挨挨出去的神情，倒有点觉得对她不起。况且怡情的那个客人，本来是一个俗物。他只相信金钱的权力，不晓得一个人的感情人格的。大约今晚上，银弟又在那里受罪了。

临睡之前，将这些前后的情节想了一遍，几乎把脱衣就睡的勇气都打消了。然而几日来的淫乐，已经将我的身体消磨得同棉花样的倦弱，所以在火炉前默坐了一会，也终于硬不过去，不得不上床去睡觉。蓬蓬蓬蓬的一阵开门声，叫唤声，将我的睡梦打醒，神志还没有回复的时候，我觉得棉被上，忽而来了一种重压。接着脸上感着了一种冰冷冰冷的触觉。我眼睛还没有完全打开，耳朵边上的一阵哀切的断续的啜泣声就起来了。

原来银弟她一进房门，皮鞋也没有脱，就拼命的跑过来倒投在床上，在埋怨我害她去受了半夜的苦。暗泣了好久好久，她才一句一句的说："……我……我……是说不去的……你你……你偏要赶我……赶我出去，……去受他们这一场轻薄……"说到这里，她又哭了起来："……人家……人家的客人，……只晓得慰护自己的姑娘……而你呢……倒反要作弄我……"

这时候天早已亮了，从窗子里反射进来的雪光，照出了她的一夜不睡的脸色，眼圈儿青黑得很，鼻缝里有两条光腻的油渍。

我做好做歹的说了半天，赔了些个不是，答应她再也不离开北京了，她才好好的脱了衣服到床上来睡。

睡下之后，她倒鼾鼾的睡去了，而我的神经，受了这一番激刺，却怎么也镇静不下去。追想起来，这也是我作的孽，本来是与她不能长在一块的，又何苦来这样的种一段恶根。况且我虽则日日沉浸在这一种红绿的酒色里，孤独的感觉，始终没有脱离过我。尤其是在夜深人静，欢筵散后，我的肢体倦到了不能动弹的时候，这一种孤寂的感觉，愈加来得深。这一个清冷大雪的午前，我躺在床上，侧耳静听听胡同里来往的行人，觉的自家仿佛是活埋在坟墓里的样子。伸出手来拿了一枝烟，我一边点火吸着，一边在想出京的日期，和如何的与她分离的步骤。静静的吸完了两枝烟，想了许多不能描摸的幻想，听见前厅已经有人起来了，我就披了衣裳，想乘她未醒的中间，跑回家去。可是我刚下床，她就在后面叫了："你又想跑了么？今天可不成，不成，怎么也不能放你回去！"

匆忙起来换了衣裳，陪我吃了一点点心，她不等梳头的来，就要我和她出城去。天已经晴了，太阳光照耀得眩人。前晚的满天云障，被北风收拾了去，青天底下，只浮着一片茫茫的雪地，和一道泥渣的黑路。我和她两人，坐在一辆马车里，出永定门后，道旁看得出来的，除几处小村矮屋之外，尽是些荒凉的雪景。树枝上有几只乌鸦，当我们的马车过后，却无情无绪地呀呀的叫了几声。

城外观音潭的王奶奶殿，本来是胡同里姑娘们的圣地灵泉，凡有疑思祈愿，她们都不远千里而来此祷祝的。我们到了观音潭庙门外，她很虔诚的买了一副香烛，要我跟她进去，上王奶奶殿去诚心祈祷。我站在她的身旁，看了她那一种严肃的脸色，和拜下去的时候的热诚的样子，心里便不知不觉的酸了起来。当她拜下去后，半天不抬起身来，似在默祷的中间，我觉得怎么也忍不住了，就轻轻的叫她说："银弟！银弟！你起来罢！让我们快点回去！"

一九二七年八月十三日